Le Terrier

Traduit de l'allemand par
Dominique Miermont

Postface de
Jacques Miermont

Illustrations de
Marc Lizano

ÉDITIONS MILLE ET UNE NUITS

KAFKA
n° 385

**Texte intégral
Titre original :
Der Bau**

© Mille et une nuits, département de la Librairie Arthème Fayard, janvier 1998-
mai 2002 pour la présente édition.
ISBN : 2-84205-667-1

Sommaire

KAFKA

Le Terrier

Le Terrier

J'ai aménagé mon terrier, et le résultat semble être une réussite. De l'extérieur, on voit seulement un grand trou, mais en réalité il ne mène nulle part, il suffit de faire quelques pas et on se heurte à de la bonne roche bien dure. Je ne veux pas me vanter d'avoir élaboré sciemment ce stratagème, c'est simplement le vestige d'un de mes nombreux essais de construction avortés, mais il m'a paru finalement avantageux de ne pas combler ce trou. Certes, il y a des ruses si subtiles qu'elles se détruisent elles-mêmes, je le sais mieux que quiconque, et il est certainement téméraire de laisser supposer par l'existence de ce trou qu'il puisse y avoir là quelque chose méritant une investigation. Mais on se méprendrait sur mon compte si l'on croyait que je suis lâche et que je m'aménage un terrier par pure couardise. C'est à un millier de pas de ce trou que se trouve, dissimulé sous une couche de mousse facile à déplacer, le véritable accès de mon terrier ; il est aussi bien protégé qu'il est possible de l'être en ce monde ; bien sûr, quelqu'un peut marcher sur la mousse ou la défoncer, et mon terrier se retrouve à découvert ; et si on en a envie – il faut signaler toutefois que cela exige certaines aptitudes très peu répandues –, on peut y pénétrer et tout détruire à jamais. Je le sais fort bien, et même maintenant, à l'apogée de ma vie, je n'ai pas une minute de réelle tranquillité : à l'endroit où se trouve cette mousse sombre, je suis mortel, et je vois souvent dans mes rêves un museau qui ne cesse de renifler avidement alentour. J'aurais pu, pensera-t-on, boucher cette entrée avec, au-dessus, une mince couche de terre bien ferme, et au-dessous une terre plus molle, de sorte que je n'aurais jamais eu beaucoup de mal à me ménager une sortie chaque fois que nécessaire. Mais c'est impossible car la prudence veut justement que je puisse m'enfuir sur-le-champ ; comme c'est hélas si souvent le cas, la prudence exige que l'on risque sa vie. Ce sont là des calculs bien pénibles, et seul le plaisir que l'esprit tire de sa propre sagacité explique parfois pourquoi on continue à s'y livrer.

Il faut que j'aie la possibilité de sortir immédiatement, car ne puis-je pas, malgré toute ma vigilance, être attaqué du côté où je m'y attends le moins ? Je vis en paix au cœur de ma demeure, et pendant ce temps, quelque part, l'ennemi creuse lentement et silencieusement tout en se rapprochant de moi. Je ne veux pas dire qu'il ait plus de flair que moi ; peut-être est-il aussi ignorant de mon existence que moi de la sienne. Mais il y a des bandits acharnés qui fouillent la terre à l'aveuglette, et vu l'énorme étendue de mon terrier, même eux peuvent espérer tomber un jour sur l'une de mes galeries. Évidemment, j'ai l'avantage d'être chez moi, de connaître parfaitement toutes mes galeries et leurs orientations. Le bandit peut très bien devenir ma victime, une victime très savoureuse. Mais je me fais vieux, il y en a beaucoup qui sont plus forts que moi, et mes ennemis sont innombrables ; en voulant échapper à l'un, je pourrais tomber entre les griffes de l'autre. Ah, que ne pourrait-il pas arriver ! Il me faut en tout cas être assuré qu'il y a peut-être quelque part une issue grande ouverte et facile à atteindre, par où je puisse sortir sans avoir à fournir un effort, et qui m'évite, au cas où je serais en train de creuser désespérément, même dans un sol meuble, de sentir soudain – le ciel m'en préserve ! – les dents de mon poursuivant s'enfoncer dans mes cuisses. Et ce ne sont pas seulement les ennemis extérieurs qui me menacent. Il y en a aussi à l'intérieur de la terre. Je ne les ai encore jamais vus, mais il est question d'eux dans les légendes et je crois fermement à leur existence. Ce sont des êtres des profondeurs de la terre ; la légende elle-même ne peut les décrire. Même ceux qui ont été leur victime les ont à peine entrevus ; ils arrivent, on entend le grattement de leurs griffes juste au-dessous de soi dans cette terre qui est leur élément, et déjà on est perdu. Il importe peu alors que l'on soit dans sa demeure, c'est en fait dans la leur qu'on se trouve. Même cette issue ne peut me permettre de leur échapper, et il est probable que, loin de m'être utile, elle me soit plutôt fatale ; mais elle constitue un espoir, et je ne peux vivre sans elle. Outre cette grande galerie, je suis relié au monde extérieur par d'autres couloirs très étroits et assez peu dangereux qui me procurent un air respirable. Ils sont l'œuvre des mulots. J'ai su m'y prendre pour bien les intégrer dans mon terrier. Ils me permettent aussi de flairer les choses à distance et m'assurent donc une protection. C'est aussi grâce à eux que viennent à moi toutes sortes de bestioles que je dévore, de sorte que je peux disposer d'un menu gibier suffisant pour mes modestes besoins sans même quitter mon terrier ; c'est naturellement très appréciable.

Mais le plus beau, dans mon terrier, c'est son silence. Certes, ce silence est trompeur. Il peut être brusquement interrompu un jour, et ce sera la fin de tout. Mais pour l'instant il est encore là. Pendant des heures, je peux ramper dans mes couloirs sans rien percevoir d'autre parfois que le frôlement de quelque petit animal que je fais taire immédiatement entre mes dents, ou qu'un léger écoulement de terre m'indiquant la nécessité de quelque réparation ; sinon tout est silencieux. L'air de la forêt pénètre à l'intérieur, il y fait à la fois chaud et frais. Parfois je m'étire et me roule par terre dans mon couloir tant je me sens bien. Qu'il est bon, quand la vieillesse approche, d'avoir un terrier comme celui-là, de s'être constitué un abri quand l'automne arrive ! Tous les cent mètres j'ai élargi les couloirs en petits ronds-points où je puis à l'aise me lover sur moi-même, me réchauffer à ma propre chaleur et me reposer. C'est là que je jouis du doux sommeil que procurent la paix, le désir assouvi, le bonheur que j'éprouve à avoir atteint mon but : posséder une maison. Je ne sais si c'est une habitude contractée depuis fort longtemps ou si les dangers de cette maison sont suffisamment considérables pour me réveiller, mais de temps en temps, à intervalles réguliers, je suis réveillé brutalement en plein sommeil, et je tends l'oreille dans le silence qui règne ici immuablement jour et nuit ; rassuré, je souris et plonge, tous mes membres détendus, dans un sommeil encore plus profond.

Pauvres vagabonds sans maison, sur les routes, dans les bois, vous qui êtes tapis tout au mieux dans un tas de feuilles, ou dans la horde de vos compagnons, livrés à tous les dangers du ciel et de la terre ! Moi, je suis ici dans un lieu protégé de toutes parts – il y en a plus de cinquante de ce type dans mon terrier –, et mes heures s'écoulent entre la torpeur et l'inconscience du sommeil, selon l'envie du moment.

Ce n'est pas tout à fait au centre du terrier, mais en un point mûrement choisi en cas de danger extrême – pas vraiment une poursuite, mais plutôt un siège –, que se trouve la place forte. Alors que tout le reste réclamait peut-être un travail plus intense sur le plan cérébral que sur le plan physique, cette forteresse est dans tous ses éléments le résultat des efforts les plus extrêmes que mon corps ait fournis. Plusieurs fois, dans le désespoir où me plongeait l'épuisement, j'ai failli tout abandonner ; je me roulais par terre et maudissais le terrier, je me traînais dehors et le laissais grand ouvert derrière moi. Je pouvais bien le faire puisque je ne voulais plus y retourner ; mais quelques heures ou quelques jours après, je revenais tout repentant ; j'avais une folle envie de chanter en le voyant intact, et je me remettais au travail avec une joie pleine et entière. Les travaux de la forteresse furent inutilement compliqués (inutilement signifie que le terrier n'a pas vraiment profité de cette absence de travail) par le fait que juste à l'endroit où je l'avais prévue, la terre était assez friable et sablonneuse, il fallait littéralement la damer pour donner forme à cette grande place bien voûtée et bien ronde. Or je n'ai que mon front pour faire ce travail. C'est donc avec mon front que des milliers de fois, pendant des jours et des nuits, je me suis jeté contre la terre ; j'étais heureux quand j'avais le front en sang car c'était la preuve que la paroi commençait à être solide, et c'est ainsi – comme on me le concédera – que j'ai bien mérité ma forteresse.

C'est là que je rassemble mes provisions ; tout ce que j'attrape à l'intérieur de mon terrier en plus de mes besoins immédiats et tout ce que je rapporte de mes chasses à l'extérieur de ma demeure, je l'entasse ici. Cet endroit est si grand que des provisions pour six mois n'arrivent pas à le remplir. Je peux donc bien les étaler, me promener parmi elles, jouer avec, jouir de leur multitude et de leurs différentes odeurs, tout en gardant un aperçu précis de ce que je possède. Je peux aussi à tout moment procéder à de nouveaux rangements et, selon la saison, faire les prévisions et les projets de chasse nécessaires. Il y a des périodes où je suis si

bien pourvu que, devenu indifférent à toute nourriture, je ne touche même pas au menu fretin qui
passe par ici – ce qui du reste est peut-être impru-
dent pour d'autres raisons. Comme je suis souvent
occupé à préparer ma défense, mes vues concer-
nant l'utilisation du terrier à cette fin changent ou
évoluent, dans un cadre assez restreint cependant.
Il me semble parfois dangereux de baser toute la
défense dans la forteresse, car la diversité du terrier
m'offre un très large éventail de possibilités, et il me
paraît plus conforme à la prudence de disperser un
peu les provisions et d'en pourvoir un certain
nombre de petits ronds-points ; je décide alors par
exemple qu'un rond-point sur trois deviendra une
réserve ou qu'un rond-point sur quatre sera une
réserve principale et un sur deux une annexe, et
autres calculs du même genre. Ou bien, en guise de
manœuvre de diversion, j'exclus totalement que
certaines galeries puissent être garnies de provisions, ou bien je choisis au hasard un petit nombre
de ronds-points, en fonction de leur position par
rapport à la sortie principale.

Chacun de ces nouveaux plans exige toutefois
un énorme travail de transport, je dois recom-
mencer mes calculs et porter ensuite les fardeaux
ici et là. Certes, je peux le faire tranquillement
sans trop me presser, et il n'est pas si désagréable

que cela de porter toutes ces bonnes choses dans sa gueule, de se reposer où l'on veut et de grignoter ce qui vous fait envie. Ce qui est plus grave, c'est qu'il me semble parfois – habituellement lors d'un réveil en sursaut – que la répartition actuelle est tout à fait mauvaise, qu'elle peut être source de graves dangers et doit être sur l'heure rectifiée au plus vite, sans tenir compte de mon état de somnolence et de ma fatigue ; alors je cours, alors je vole, et je n'ai plus le temps de faire des calculs ; moi qui voulais justement réaliser un nouveau plan très précis, j'attrape au hasard ce qui me tombe sous la dent, je traîne, je porte, je soupire, gémis, trébuche, et n'importe quel changement apporté à la situation présente, qui me paraît des plus dangereuses, suffit à me contenter. Jusqu'au moment où, complètement réveillé, je reprends progressivement mes esprits et ne comprends plus toute cette précipitation ; je hume alors profondément la paix de ma maison que j'ai moi-même troublée, retourne là où je dormais, m'endors aussitôt sous le coup de ma récente fatigue, et à mon réveil je me retrouve – preuve irréfutable de ce travail nocturne qui m'apparaissait déjà presque comme un rêve – avec un rat entre les dents.

Il y a aussi des périodes où la meilleure solution me semble être de rassembler toutes les provisions au même endroit. À quoi peuvent me servir les réserves sur les petits ronds-points? Quelle quantité peut-on y mettre? Et quoi qu'on y dépose, cela ne fait que gêner le passage et m'entravera peut-être dans ma course le jour où je devrai me défendre. De plus, même si cela semble stupide, il n'en est pas moins vrai que votre belle assurance est bien entamée quand vous ne voyez pas toutes vos provisions réunies et ne pouvez embrasser d'un seul coup d'œil ce que vous possédez. Et puis, beaucoup de choses ne risquent-elles pas de se perdre avec toutes ces répartitions? Je ne peux pas passer mon temps à galoper dans tous les sens à travers mes galeries pour vérifier si tout est en bon état. Le principe d'une répartition des provisions est certainement juste, mais seulement si on dispose de plusieurs endroits semblables à ma forteresse. Plusieurs endroits de ce genre! Évidemment! Mais qui peut arriver à les construire? D'ailleurs, il n'est plus possible de les intégrer après coup dans le plan d'ensemble. Je veux bien reconnaître cependant que c'est là un défaut de mon terrier, de même que c'est toujours une erreur de ne posséder une chose qu'à un seul exemplaire. Et j'avoue aussi que pendant toute la construction de mon terrier j'avais à l'esprit la nécessité d'aménager plusieurs forteresses, idée assez confuse mais suffisamment précise si j'y avais mis de la bonne volonté ; mais je n'ai pas cédé à cette exigence, je me sentais trop faible pour ce gigantesque travail, je me sentais même trop faible pour prendre conscience de sa nécessité. D'une certaine façon, je me consolais avec des sentiments non moins confus, me disant que ce qui ne suffisait pas d'ordinaire suffirait dans mon cas, à titre exceptionnel, par un effet de la grâce, probablement parce que la Providence tenait particulièrement à la conservation de ce front qui me servait de marteau-pilon.

Je n'ai donc qu'une seule forteresse, mais le sentiment confus qu'elle puisse suffire dans mon cas a disparu. Quoi qu'il en soit, je dois m'en contenter, les petits ronds-points ne peuvent absolument pas la remplacer, et quand cette opinion a bien mûri en moi, je recommence à tout transporter des petits ronds-points à la place forte. Pendant quelque temps, c'est pour moi une certaine consolation de voir que ronds-points et galeries sont dégagés et que des quantités de viandes s'entassent dans la place forte, répandant jusque dans les galeries les plus éloignées un mélange d'odeurs dont chacune me ravit à sa façon et que je suis en mesure de distinguer de loin. C'est alors qu'arrivent des périodes particulièrement paisibles pendant lesquelles je déplace lentement mes quartiers de nuit de la périphérie vers le centre, m'enfonçant de plus en plus dans les odeurs, jusqu'au moment où, incapable de résister davantage, je me précipite une nuit dans la forteresse, ravage mes provisions et me gave jusqu'à l'ivresse de tout ce que je possède de meilleur. Heureuses périodes, mais combien dangereuses ! Si on savait en profiter, on pourrait facilement et sans risque m'anéantir. Là encore, l'absence d'une deuxième ou d'une troisième forteresse a des répercussions néfastes, c'est cet entassement de tous mes vivres en un unique endroit qui m'induit en tentation. Je cherche par divers moyens à m'en protéger, la répartition sur les petits ronds-points fait partie de ces précautions, malheureusement, comme d'autres mesures analogues, elle n'aboutit, du fait des privations, qu'à une plus grande convoitise qui, faisant basculer ma raison, modifie arbitrairement mes plans de défense à son profit.

À la suite de telles périodes, j'ai coutume, pour me ressaisir, d'inspecter mon terrier et, après avoir procédé aux réparations nécessaires, de le quitter fréquemment, quoique toujours pour un laps de temps assez court. En être longtemps privé est un châtiment que je trouve moi-même trop dur, mais je reconnais la nécessité de ces excursions temporaires. Je sens toujours une certaine solennité quand j'approche de la sortie. Dans mes phases de vie domestique, je l'évite, veillant même à ne pas utiliser les ultimes ramifications du couloir qui y conduit ; il n'est d'ailleurs pas facile de circuler dans cette zone car j'y ai aménagé un véritable petit labyrinthe de galeries en zigzag. C'est là que mon terrier a commencé ; à cette époque, il ne m'était pas encore permis d'espérer pouvoir jamais le terminer selon mes plans, j'ai commencé dans ce coin un peu par jeu, et le plaisir que me procurait ce travail au début s'est traduit dans la construction d'un labyrinthe qui me paraissait alors le summum de tous les terriers mais que je considère aujourd'hui, sans doute avec plus de justesse, comme un médiocre bricolage pas vraiment digne de l'ensemble de l'ouvrage, peut-être délicieux en théorie – voici l'entrée de ma maison, disais-je alors ironiquement aux invisibles ennemis que je voyais déjà tous périr étouffés dans le labyrinthe –, mais en réalité une amusette aux parois beaucoup trop minces, incapable de résister à une attaque sérieuse ou à un ennemi luttant désespérément pour sa vie. Me faut-il pour autant transformer toute cette partie ? Je repousse sans cesse la décision, et les choses resteront sans doute en l'état. Outre l'énormité du travail que je m'imposerais ainsi, l'entreprise serait la plus périlleuse qui se puisse imaginer. À l'époque où j'ai commencé mon terrier, je pouvais y travailler assez tranquillement, le risque n'était pas beaucoup plus grand qu'ailleurs, mais aujourd'hui ce serait attirer de façon quasi délibérée l'attention du monde sur l'ensemble du terrier, aujourd'hui ce n'est plus possible. Je m'en réjouis presque car j'ai un certain faible pour ce premier ouvrage. Et si je devais être brutalement attaqué, quel type d'entrée pourrait me sauver? L'entrée peut tromper, détourner, tourmenter l'attaquant – et celle-ci fait l'affaire à la rigueur. Mais face à une très grosse attaque il me faudrait aussitôt mettre en œuvre toutes les ressources du terrier, toute l'énergie de mon corps et de mon âme – c'est une évidence. Cette entrée peut donc rester telle quelle. Le terrier a tellement de faiblesses imposées par la nature qu'il peut bien conserver également ce défaut créé par mes propres mains et dont j'ai parfaitement pris conscience, même si ce fut après coup.

Tout cela ne veut certes pas dire que cet inconvénient ne me tracasse pas malgré tout de temps en temps, ou même peut-être en permanence. Si j'évite ce secteur lors de mes promenades habituelles, c'est surtout parce que sa vue m'est désagréable, parce que je ne veux pas avoir constamment sous les yeux un défaut de mon terrier, alors que ce défaut perturbe déjà grandement ma conscience. Si ce point faible, là-haut, à l'entrée, est rédhibitoire, je veux pour ma part, tant que cela est possible, que la vue m'en soit épargnée. Il suffit que je me dirige vers la sortie, même en en restant séparé par des couloirs et des ronds-points, pour avoir l'impression de me retrouver dans une atmosphère de grand danger ; il me semble parfois que ma peau s'amincit, que je pourrais bientôt me retrouver à l'état d'écorché, la chair à vif, et être accueilli au même moment par les hurlements de mes ennemis. Certes, de tels sentiments sont provoqués par la sortie en soi, la perte d'un toit protecteur, mais c'est quand même cette entrée qui me tourmente particulièrement. Parfois je rêve que je l'ai transformée, modifiée de fond en comble, très vite, en une seule nuit de travail titanesque, sans être aperçu de quiconque – et qu'elle est désormais imprenable ; quand je fais ce rêve, mon sommeil est des plus doux, et à mon réveil des larmes de joie et de soulagement scintillent encore dans ma barbe.

Il me faut donc aussi surmonter physiquement l'épreuve de ce labyrinthe quand je sors du terrier, et je suis à la fois agacé et touché s'il m'arrive de me perdre un instant dans mon propre ouvrage qui semble donc persister à me prouver sa raison d'être, à moi qui ai arrêté depuis longtemps mon opinion à ce sujet. Mais ensuite je me retrouve sous le couvercle de mousse auquel je laisse parfois – tant il m'arrive de ne pas bouger de chez moi – le temps de se confondre avec le sol de la forêt, et je n'ai plus alors qu'à donner un coup de tête pour me retrouver dans l'inconnu. Je mets longtemps avant d'oser faire ce simple geste, et il est certain que si je n'avais pas à subir à nouveau l'épreuve du labyrinthe de l'entrée, j'abandonnerais la partie et ferais demi-tour. Comment? Ta maison est protégée et bien close. Tu vis en paix, au chaud, bien nourri, tu règnes en maître absolu sur une multitude de galeries et de ronds-points, et tout cela tu voudrais, non pas le sacrifier – espérons-le – mais quand même, d'une certaine façon, l'abandonner? Tu es certes confiant et assuré de le reconquérir, mais tu prends quand même le risque de jouer un jeu dangereux, beaucoup trop dangereux? Il y aurait à cela des motifs raisonnables? Non, une chose pareille ne peut pas avoir des motifs raisonnables. Et pourtant, je soulève la trappe avec précaution et me retrouve dehors; je la laisse prudemment retomber et me sauve aussi vite que je peux, loin de cet endroit perfide.

Mais je ne suis pas vraiment à l'air libre; certes, je n'ai plus à me frayer un passage à travers des galeries, je cours en pleine forêt, je sens dans mon corps des forces nouvelles auxquelles le terrier n'offrirait pas l'espace nécessaire, ni la forteresse, fût-elle dix fois plus grande. Dehors, la nourriture aussi est meilleure, la chasse est certes plus difficile, les succès plus rares, mais le résultat est à tous égards beaucoup plus appréciable, je ne le nie pas, je suis capable de me rendre compte de toutes ces choses et de les savourer au moins aussi bien que quiconque, et probablement mieux, car je ne chasse pas comme un vagabond, par fantaisie ou par désespoir, mais avec calme et discernement. En outre, je ne suis ni destiné ni condamné à la vie libre, mais je sais que mon temps est compté, que je ne suis pas obligé de chasser ici éternellement, mais que, quand je le voudrai et quand je serai las de cette vie, quelqu'un, en quelque sorte, me conviera à le rejoindre, et je ne pourrai pas résister à son invite.

Et ainsi je peux jouir pleinement et sans souci des moments que je passe ici, ou plutôt je le pourrais, mais c'est impossible. Le terrier me préoccupe trop. J'ai fui l'entrée à toute vitesse, mais j'y retourne aussi vite. Je cherche une bonne cachette, et pendant des jours et des nuits je surveille l'accès de ma maison – de l'extérieur cette fois. On pourra trouver cela stupide, mais cela me procure une joie indicible et me tranquillise. Il me semble alors que je ne suis pas devant ma maison mais face à moi-même en train de dormir, et que j'ai la chance de pouvoir à la fois dormir profondément et m'observer de près. J'ai en quelque sorte l'insigne privilège de voir les fantômes de la nuit dans l'abandon confiant et naïf du sommeil, tout en les rencontrant dans la réalité, en pleine lucidité et en toute sérénité de jugement. Je trouve alors, chose surprenante, que ma situation n'est pas aussi grave que je l'ai souvent cru et que je me remettrai sans doute à le croire quand je redescendrai chez moi. À cet égard, comme à bien d'autres, mais à cet égard-là surtout, ces excursions sont vraiment indispensables. Certes, j'ai eu beau choisir soigneusement l'entrée dans un endroit isolé – la circulation qu'il y a ici est finalement, quand on fait la somme des observations de toute une semaine, très importante, mais il en est peut-être ainsi dans toutes les régions habitables, et il vaut sans doute mieux être exposé à une assez grande circulation, entraînée toujours plus loin du fait de son importance, plutôt que d'être livré dans une solitude totale à n'importe quel intrus venu effectuer lentement ses recherches.

Il y a ici beaucoup d'ennemis, et plus nombreux encore sont leurs acolytes, mais ils se combattent

entre eux, et pendant qu'ils se livrent à cette occupation, ils passent devant mon terrier sans le voir. Pendant tout ce temps, je n'ai jamais vu personne
fouiner près de l'entrée, heureusement pour moi et
pour lui, car, fou d'angoisse pour mon terrier, je lui
aurais certainement sauté à la gorge. Évidemment,
des animaux sont venus, mais je n'osais pas rester
dans leur voisinage et ne pouvais que fuir à peine
sentais-je leur présence au loin ; je ne pourrais rien
dire avec certitude quant à leur attitude face au terrier, mais il est sans doute rassurant de savoir que je
ne tardais pas à revenir et que je trouvais alors le
champs libre et l'entrée intacte. J'ai vécu des
moments de bonheur où je me disais presque que
l'hostilité du monde à mon égard avait peut-être
cessé ou s'était calmée, ou que le pouvoir du terrier
m'arrachait au combat sans merci que j'avais mené
jusqu'ici. Le terrier me protège peut-être davantage
que je ne l'ai jamais imaginé ou que je n'ose le penser quand je suis à l'intérieur. J'allais jusqu'à éprou-
ver parfois le désir puéril de ne plus retourner dans
le terrier, mais de m'installer ici, à proximité de
l'entrée, et de passer ma vie à l'observer, à ne jamais
perdre de vue quelle solide protection le terrier me
garantirait si j'étais dedans – pensée qui aurait fait
tout mon bonheur. Mais on est tiré brutalement de
rêves aussi puérils. Quelle est donc cette garantie que

j'observe là ? Puis-je juger du danger qui plane sur moi dans le terrier d'après les expériences que je fais dehors ? Mes ennemis ont-ils bien tout leur flair quand je ne suis pas dans le terrier ? Ils doivent certainement me flairer encore un peu, mais pas complètement. Et un flair parfait n'est-il pas souvent la condition d'un danger normal ? Ce ne sont donc là que des embryons de tentatives de ma part, destinés à me tranquilliser, mais cette sécurité trompeuse m'expose aux pires dangers. Non, contrairement à ce que je croyais, ce n'est pas sur mon sommeil que je veille, c'est plutôt moi qui dors tandis que le démon veille. Peut-être est-il parmi ceux qui passent négligemment devant l'entrée, qui s'assurent chaque fois, tout comme je le fais moi-même, que la porte est encore intacte et attend qu'on l'attaque, et qui ne font que passer parce qu'ils savent que le maître de céans n'est pas à l'intérieur, ou même parce qu'ils savent peut-être qu'il est ingénument à l'affût dans les buissons voisins.

Je quitte alors mon poste d'observation, lassé de la vie à l'air libre ; j'ai l'impression de ne plus pouvoir rien apprendre ici, ni maintenant ni plus tard. Et j'ai envie de prendre congé de tout cela, de redescendre dans mon terrier et de ne jamais revenir, de laisser les choses suivre leur cours sans les retarder par d'inutiles observations. Mais ayant pris la mauvaise habitude de voir pendant si longtemps tout ce qui se passait au-dessus de l'entrée, il m'est extrêmement pénible maintenant d'exécuter la procédure littéralement spectaculaire de la descente sans savoir ce qui va se passer derrière mon dos, puis derrière la trappe refermée. J'essaie d'abord, les nuits de tempête, de jeter rapidement mon butin à l'intérieur, cela semble réussir, mais on ne saura si c'est vraiment le cas que quand je serai moi-même redescendu ; mais ce ne sera plus moi qui le saurai, ou bien ce sera moi, mais il sera trop tard. J'y renonce donc et n'entre pas. À une distance évidemment suffisante de la véritable entrée, je creuse une sorte de tranchée ; elle n'est pas plus longue que je ne le suis moi-même, et elle est recouverte elle aussi par une plaque de mousse. Je me glisse dans cette tranchée, la referme derrière moi, attends soigneusement en calculant des temps plus ou moins longs à différentes heures du jour, puis je rejette la mousse, ressors et enregistre mes observations. Je fais les expériences les plus diverses, en bien comme en mal, mais je ne trouve ni loi générale ni méthode infaillible pour redescendre. Je suis donc heureux de ne pas être encore redescendu par la véritable entrée, et désespéré d'avoir à le faire bientôt. Je ne suis pas loin de décider de prendre le large, de retrouver ma triste vie d'antan dépourvue de toute sécurité et qui, n'étant qu'une suite ininterrompue de périls, ne me laissait pas voir et redouter chaque danger en particulier, comme ne cesse de me l'enseigner la comparaison entre la sécurité de mon terrier et la vie ordinaire. Certes, une telle décision serait une énorme sottise, provoquée uniquement par un trop long séjour dans une absurde liberté ; le terrier m'appartient toujours, je n'ai qu'un pas à faire pour être en sûreté. Je m'arrache donc à mes doutes et cours droit à ma porte, en plein jour, bien décidé à la soulever, mais je n'y arrive pas, je la dépasse et me jette dans un buisson d'épines exprès pour me punir, me punir d'une faute que j'ignore.

Mais ensuite, je suis bien forcé de me dire en fin de compte que j'ai quand même raison et qu'il est vraiment impossible de redescendre sans abandonner ouvertement ce que j'ai de plus précieux, au moins un court instant, à tous les habitants de la terre, des arbres et des airs. Et ce danger n'est pas imaginaire, il est parfaitement réel. Car ce n'est pas forcément à l'un de mes véritables ennemis que je donne envie de me suivre, cela peut être aussi bien n'importe quelle petite bête innocente, n'importe quelle petite créature répugnante qui me suivrait par curiosité, et qui par là, sans le savoir, mettrait le

monde entier à mes trousses ; mais ce n'est pas forcément cela non plus, il peut s'agir – ce qui n'est
pas moins grave, et serait même, à maints égards, le
pire qui puisse arriver – de quelqu'un de mon
espèce, quelqu'un qui connaît et apprécie les terriers, quelque compère des bois amateur de silence,
mais une horrible fripouille qui veut un logis sans
avoir à le construire. Si seulement il pouvait venir
maintenant ! Si sa sale convoitise pouvait lui faire
découvrir l'entrée ! Si seulement il pouvait entreprendre de soulever la mousse et y réussir ! S'il pouvait se glisser à l'intérieur à ma place et y entrer
suffisamment pour que j'aperçoive tout juste son
postérieur, l'espace d'un instant ! Ah, si tout cela
pouvait se produire pour que je puisse enfin, dans
un élan de fureur, et délivré de tout scrupule, lui
sauter dessus, le mordre, le lacérer, le déchiqueter,
boire tout son sang et flanquer aussitôt son cadavre
parmi mon butin – pour que je puisse enfin, et ce
serait là l'essentiel, être à nouveau dans mon terrier ; alors cette fois, je serais prêt à admirer même
le labyrinthe, mais je commencerais par rabattre le
couvercle de mousse au-dessus de ma tête, et je me
reposerais là, je crois, le restant de mes jours.

Mais personne ne vient, et je ne peux compter
que sur moi-même. Constamment préoccupé par la
difficulté de l'entreprise, je perds beaucoup de

mon anxiété, je ne cherche plus à éviter l'entrée, tourner en rond autour devient mon occupation préférée, on dirait presque que c'est moi l'ennemi à l'affût de l'occasion favorable pour réussir à pénétrer dans le terrier. Si seulement j'avais quelqu'un de confiance que je puisse placer à mon poste d'observation, je pourrais alors redescendre tranquillement. Je me mettrais d'accord avec lui, qui aurait toute ma confiance, pour qu'il observe bien la situation quand je descendrai, et encore longtemps après, et pour qu'il frappe à la porte de mousse en cas d'alerte, mais seulement dans ce cas. J'aurais ainsi fait place nette au-dessus de moi, il ne resterait plus rien, tout au plus mon homme de confiance.

Car s'il ne réclame pas une compensation, ne va-t-il pas vouloir jeter au moins un coup d'œil à mon terrier? Rien que cela, laisser entrer volontairement quelqu'un dans mon terrier, me serait extrêmement pénible. Je l'ai construit pour moi, pas pour des visiteurs, je crois que je ne le laisserais pas entrer; même si c'était le prix à payer pour qu'il me permette de regagner le terrier, je ne le laisserais pas entrer. D'ailleurs je ne le pourrais pas, car soit je devrais le laisser descendre seul, ce qui est absolument inconcevable, soit nous devrions descendre ensemble, ce qui supprimerait l'avantage dont il doit justement me faire bénéficier en observant le terrain derrière moi. Mais qu'en est-il de la confiance ? Si je me fie à quelqu'un quand nous sommes face à face, puis-je continuer à lui faire confiance quand je ne le vois pas et que la couche de mousse nous sépare ? Il est relativement facile de faire confiance à quelqu'un quand on le surveille, ou tout du moins quand on peut le surveiller, il est peut-être même possible de faire confiance de loin à quelqu'un, mais faire complètement confiance à quelqu'un du dehors quand on est à l'intérieur du terrier, donc dans un autre monde, je crois que c'est impossible. Toutefois, ces doutes ne sont même pas nécessaires, car il suffit que je pense aux innombrables hasards de la vie qui, pendant ou après ma descente dans le terrier, peuvent empêcher mon homme de confiance de remplir son devoir, et quelles incalculables conséquences peut avoir pour moi le moindre empêchement de sa part.

Non, tout bien considéré, je n'ai pas du tout à me plaindre d'être seul et de n'avoir personne à qui faire confiance. Je n'y perds certainement aucun avantage et m'évite probablement beaucoup d'ennuis. Je ne peux en tout cas me fier qu'à moi-même et à mon terrier. J'aurais dû y songer plus tôt et prendre les précautions nécessaires pour le cas qui me préoccupe tant aujourd'hui. Cela aurait été possible, au moins en partie, au début de la construction du terrier. J'aurais dû installer la première galerie de façon qu'elle ait deux entrées à bonne distance l'une de l'autre ; ainsi, je serais descendu par l'une des entrées, avec les inévitables difficultés que cela entraîne, j'aurais vite parcouru cette première galerie jusqu'à la seconde entrée, j'aurais un peu soulevé la couche de mousse qui y aurait été installée à cette fin, et de là j'aurais essayé d'observer la situation pendant quelques jours et quelques nuits. C'eût été la seule méthode valable. Il est vrai que deux entrées doublent le danger, mais cette objection aurait été d'autant plus irrecevable que l'une des entrées, celle qui aurait seulement fait office de poste d'observation, aurait pu être très étroite. Je me perds alors dans des considérations techniques, je recommence à rêver d'un terrier absolument parfait et cela me rassure un peu ; les yeux clos, je vois avec ravissement des constructions plus ou moins précises qui me permettraient d'entrer et de sortir sans être vu.

Quand je suis là à y penser, j'accorde beaucoup de prix à ces solutions, mais seulement en tant que réalisations techniques, non comme des avantages réels, car ces entrées et sorties sans entraves, à quoi servent-elles ? Elles révèlent un esprit inquiet, un manque de confiance en soi, une concupiscence malsaine, de graves défauts qui sont encore beaucoup plus graves face au terrier qui est toujours là pour insuffler la paix si on s'ouvre à lui complètement. Mais pour l'instant, je suis à l'extérieur du terrier et cherche un moyen d'y retourner ; pour ce faire, les aménagements techniques nécessaires seraient très souhaitables. Mais peut-être pas tant que cela. N'est-ce pas sous-estimer grandement le terrier que de le considérer seulement, du fait d'un état momentané de nervosité et d'angoisse, comme un trou où l'on veut se terrer en toute sécurité ? Certes, il a aussi cette fonction d'abri, ou il devrait l'avoir, et quand j'imagine que je suis en plein danger, je souhaite alors, serrant les dents et rassemblant toute mon énergie, que le terrier ne soit rien d'autre qu'un trou destiné à me sauver la vie, et qu'il remplisse cette mission bien précise le plus parfaitement possible, moyennant quoi je suis prêt à le dispenser de tout autre rôle. Mais il se trouve qu'en réalité – cette réalité que l'on ne perçoit pas en cas de détresse, et dont la perception réclame un effort, même dans les moments de tranquillité –, si le terrier offre une grande sécurité, elle est largement insuffisante. Mes soucis ont-ils jamais pris fin à l'intérieur du terrier ? Ce sont d'autres soucis, plus fiers, plus substantiels, des soucis que je refoule souvent très loin, mais ils me rongent peut-être autant que les soucis causés par la vie à l'extérieur. Si j'avais réalisé le terrier uniquement pour ma sécurité, je n'aurais certes pas été berné, mais le rapport entre le gigantesque travail accompli et la sécurité effective qu'il m'offre – dans la mesure tout du moins où je suis capable de la ressentir et d'en profiter – ne serait pas avantageux pour moi. Il est très douloureux de s'avouer une telle chose, mais il le faut bien face à cette entrée là-bas qui se ferme, qui se crispe même littéralement devant moi qui en suis pourtant le constructeur et le propriétaire.

Toutefois le terrier n'est pas seulement un trou où l'on puisse se réfugier. Quand je suis dans la place forte, entouré de mes amoncellements de viande, le visage tourné vers les dix galeries qui en partent et dont chacune, conformément au plan d'ensemble, s'enfonce ou monte, s'étire ou s'arrondit, s'élargit ou se rétrécit, quand je vois qu'elles sont toutes aussi silencieuses et désertes, et que chacune à sa façon est prête à me conduire aux nombreux ronds-points également silencieux et déserts – alors je suis loin de penser à la sécurité, et je sais parfaitement que c'est là ma forteresse que j'ai conquise au sol rebelle à force de gratter et de mordre, de damer et de tasser, ma forteresse qui ne peut en aucune façon appartenir à un autre et qui est tellement mienne que je puis finalement y recevoir en paix la blessure mortelle de l'ennemi, car mon sang s'écoulera dans mon sol et ne sera pas perdu. N'est-ce pas là le sens des heures heureuses que je passe dans mes galeries, soit paisiblement endormi, soit joyeusement éveillé, dans ces galeries faites exactement à mes mesures, pour que je puisse m'y étendre à mon aise, m'y rouler comme un enfant, y rêver, m'y éteindre dans la félicité. Et les petits ronds-points, dont chacun m'est familier et que, malgré leur parfaite ressemblance, je peux reconnaître les yeux fermés à la seule inclinaison de leurs parois – ils m'entourent de leur paisible chaleur comme aucun nid ne saurait entourer un oiseau. Et tout, tout est silencieux et désert.

Mais s'il en est ainsi, pourquoi est-ce que j'hésite, pourquoi est-ce que je crains davantage l'intrus que l'éventualité de ne jamais revoir mon terrier ? Eh bien, cette dernière hypothèse est heureusement une impossibilité, je n'ai pas besoin de raisonnements pour savoir parfaitement ce que le terrier signifie pour moi ; le terrier et moi, nous sommes tellement faits l'un pour l'autre que je pourrais m'installer ici en toute quiétude, malgré ma peur ; en dépit de mes réticences, je n'aurais même pas besoin de faire un effort sur moi-même pour ouvrir l'entrée ; il suffirait que j'attende sans rien faire, car rien ne peut à long terme nous séparer, et il est absolument certain que je finirai par redescendre d'une façon ou d'une autre. Mais évidemment, combien de temps peut s'écouler d'ici là, et que de choses peuvent se produire dans l'intervalle, aussi bien ici qu'en bas ? Il ne tient qu'à moi de le réduire et de faire immédiatement le nécessaire.

Alors, déjà trop fatigué pour réfléchir, la tête pendante, les jambes mal assurées, à moitié endormi, tâtonnant plus que marchant, je m'approche de l'entrée, soulève lentement la mousse, descends lentement, laisse par étourderie l'entrée ouverte plus longtemps qu'il ne faudrait, je me rends compte de ma négligence, remonte pour la réparer, mais pourquoi donc remonter ? Je n'ai que le couvercle de mousse à rabattre, bon, alors je redescends et le ferme enfin. C'est seulement et exclusivement dans cet état que je puis accomplir cette action. Me voilà donc maintenant sous la mousse, couché sur le butin engrangé, baignant dans le sang et les sucs de toute cette viande, et là je pourrais sombrer dans le sommeil tant attendu. Rien ne me dérange, personne ne m'a suivi, il semble qu'au-dessus de la mousse, du moins jusqu'à maintenant, tout soit tranquille, et même si ce n'était pas le cas, je crois que je ne pourrais pas m'attarder maintenant à faire des observations; j'ai changé d'endroit, j'ai quitté le monde d'en haut pour rentrer dans mon terrier et j'en ressens aussitôt les effets. C'est un monde nouveau qui donne des forces nouvelles, et ce qui est fatigue en haut n'est plus considéré ici comme tel. Je suis revenu de voyage, littéralement mort d'épuisement, mais le fait de revoir ma vieille demeure, les travaux d'aménagement qui m'attendent, la nécessité d'inspecter ne serait-ce que superficiellement toutes les pièces, et surtout d'aller au plus vite jusqu'à la place forte, tout cela transforme ma fatigue en agitation et en affairement, c'est comme si, au moment même où j'étais entré dans le terrier, j'avais dormi d'un long et profond sommeil.

La première tâche à accomplir est très pénible et m'absorbe entièrement : il s'agit de transporter le butin à travers les étroites et fragiles galeries du labyrinthe. Je pousse vers l'avant de toutes mes forces, avec succès mais beaucoup trop lentement à mon goût; pour accélérer, j'arrache un morceau du tas de viandes, je me faufile de l'autre côté, je passe au travers, maintenant je n'ai plus que ce morceau devant moi et il est plus facile de le faire avancer, mais je suis tellement pris dans cette abondance de viandes, dans ces étroites galeries où il ne m'est pas toujours facile de me glisser, même quand je suis seul, que je pourrais très bien mourir étouffé dans mes propres provisions, et parfois je ne réussis à échapper à leur pression qu'en me mettant à manger et à boire. Mais je viens à bout du transport en un laps de temps assez bref, le labyrinthe est franchi, soulagé je me retrouve dans une vraie galerie, je pousse le butin à travers un boyau de raccordement jusqu'à un couloir principal particulièrement prévu pour ces cas-là et qui descend en pente raide à la place forte. Maintenant, ce n'est plus un travail pénible, le butin roule et dévale presque de lui-même jusqu'en bas. Me voilà enfin dans ma place forte ! Je vais enfin pouvoir me reposer. Rien n'a changé, aucun accident grave ne semble s'être produit, les petits dégâts que je remarque au premier coup d'œil seront vite réparés ; il y a juste à faire d'abord la longue tournée à travers les galeries, mais ce n'est pas un travail, c'est comme bavarder avec des amis, comme je le faisais dans l'ancien temps – je ne suis pas encore bien vieux, mais beaucoup de choses sont déjà complètement floues dans mon souvenir –, comme je le faisais ou plutôt comme j'ai entendu dire qu'on a coutume de le faire. Je commence donc par la deuxième galerie en faisant exprès d'aller lentement ; après avoir vu la place forte, j'ai tout mon temps – à l'intérieur du terrier, j'ai toujours tout mon temps –, car tout ce que j'y fais est bien et important et me rassasie en quelque sorte. Je commence donc par la deuxième galerie, interromps l'inspection en plein milieu et passe à la troisième galerie qui me ramène à la place forte ; je dois bien sûr reprendre la deuxième galerie et m'amuse ainsi en travaillant, j'accrois ma tâche par jeu, et je ris tout seul, je suis content, tout ce travail me fait tourner la tête mais je continue. C'est à cause de vous, galeries et ronds-points, et surtout à cause de toi, place forte, que je suis venu, faisant fi de ma vie après avoir eu si longtemps la bêtise de trembler pour elle et de retarder mon retour auprès de vous. Que m'importe le danger maintenant que je suis avec vous ? Vous faites partie de moi, je fais partie de vous, nous sommes liés, que peut-il nous arriver ? Le peuple peut bien se presser là-haut, et le museau se préparer à transpercer la mousse. Le terrier m'accueille maintenant par son silence et par son vide et confirme mes paroles.

Mais voici qu'une certaine indolence m'envahit, et sur un rond-point qui compte parmi mes préférés, je m'enroule un peu sur moi-même, je suis loin d'avoir tout visité mais je veux continuer mon inspection jusqu'au bout, je ne veux pas dormir ici, je cède seulement à la tentation de m'installer ici comme si j'allais dormir, je veux vérifier si je pourrais y arriver aussi bien qu'autrefois. J'y arrive effectivement, mais je ne réussis pas à m'arracher de là et reste plongé dans un profond sommeil.

J'ai dû dormir pendant très longtemps. C'est seulement à la fin, au moment où le sommeil se dissipait de lui-même, que quelque chose me réveille, mon sommeil devait être déjà très léger car c'est un chuintement en soi à peine audible qui m'en tire. Je comprends immédiatement : le petit gibier, que j'ai trop peu surveillé et beaucoup trop ménagé, a creusé quelque part en mon absence une nouvelle galerie, celle-ci a débouché sur une autre galerie plus ancienne, et c'est l'air qui s'y engouffre qui produit ce sifflement. Quel peuple inlassable et que son activité est gênante ! Il faudra que j'ausculte attentivement les parois de mes galeries et que je creuse des tunnels d'exploration pour déterminer d'abord l'endroit d'où vient ce bruit parasite afin de pouvoir ensuite l'éliminer. D'ailleurs, la nouvelle galerie peut, si elle correspond aux données du terrier, m'être fort utile comme nouveau puits d'aération. Mais je vais faire beaucoup plus attention aux petites bêtes qu'avant, pas une seule ne sera épargnée.

Comme j'ai beaucoup d'entraînement dans ce genre de recherches, elles ne dureront sans doute pas longtemps et je peux les commencer dès maintenant ; j'ai certes d'autres travaux à faire, mais cette tâche est la plus urgente, je veux que mes galeries soient silencieuses. Ce bruit est d'ailleurs relativement anodin, je ne l'ai pas entendu en arrivant, bien qu'il fût certainement déjà là; il a d'abord fallu que je me réadapte complètement aux lieux pour l'entendre, c'est en quelque sorte un bruit que seule l'oreille du propriétaire peut percevoir. Il n'est même pas continu comme le sont habituellement les bruits, il fait de grandes pauses provoquées manifestement par un blocage du courant d'air. Je commence mes recherches, mais je ne réussis pas à trouver l'endroit où il faudrait intervenir, je fais certes quelques sondages, mais au petit bonheur; naturellement, cela ne donne rien, l'énorme travail accompli pour creuser, et celui encore plus pénible pour reboucher et niveler se révèle vain. Je ne me rapproche pas le moins du monde de l'endroit d'où provient ce bruit; toujours aussi ténu, il se fait entendre à intervalles réguliers, tantôt c'est comme un chuintement, tantôt plutôt comme un sifflement. Je pourrais très bien ne pas donner suite pour le moment, ce bruit est certes très gênant, mais son origine étant pour moi quasi certaine, il ne saurait augmenter, il se peut au contraire aussi – je n'ai cependant jamais attendu assez longtemps – que de tels bruits disparaissent d'eux-mêmes au fil du temps grâce aux petites bêtes qui continuent de creuser; en outre, il arrive souvent que le hasard vous mette sur la piste du bruit parasite, alors que des recherches systématiques peuvent longtemps échouer. Je me console ainsi et je préférerais continuer de me promener dans mes galeries et visiter mes ronds-points car il y en a beaucoup que je n'ai pas encore revus, et de temps en temps je voudrais m'ébattre un peu dans la place forte, mais c'est plus fort que moi, il faut que je poursuive mes recherches.

Que de temps me coûtent ces petites bêtes, un temps dont je pourrais faire bien meilleur usage. Dans ces cas-là, c'est habituellement le problème technique qui m'intéresse; en entendant ce bruit, dont mon oreille sait distinguer très précisément toutes les nuances, j'imagine, par exemple, quelle peut en être l'origine, et il me tarde alors de vérifier si la réalité correspond à mon hypothèse. Non sans raison, car tant que je n'ai rien de concret je ne peux pas me sentir en sécurité, même s'il s'agissait seulement de savoir où ira rouler un grain de sable tombant d'un mur. Alors un bruit pareil ce n'est, à cet égard, certainement pas une affaire insignifiante. Mais insignifiante ou pas, j'ai beau chercher, je ne trouve rien, ou plutôt je trouve trop de choses. Et il fallait, me dis-je, que cela se produise sur mon rond-point préféré ! Je m'éloigne, arrive presque au milieu de la galerie menant au prochain rond-point, tout cela à vrai dire pour m'amuser, comme si je voulais prouver que ce n'est pas seulement mon rond-point pré- féré qui me vaut ce bruit parasite mais qu'il y a d'autres bruits ailleurs, et, un sourire aux lèvres, je me mets à tendre l'oreille, mais mon sourire n'est que de courte durée car, effectivement, on entend ici le même chuintement. À vrai dire, ce n'est rien, je pense parfois que personne d'autre que moi ne pourrait l'entendre, mais, rendue plus fine par l'habitude, mon ouïe le perçoit de plus en plus nettement, bien que ce soit en réalité partout exactement le même bruit, comme je peux m'en convaincre en faisant des comparaisons. Il n'aug- mente pas non plus, je m'en rends compte quand j'écoute du milieu de la galerie sans coller mon oreille au mur. Ce n'est alors qu'au prix d'un énorme effort de concentration que je peux deviner, à défaut de l'entendre vraiment, un bruit infime. Mais c'est justement cette constance du son en tout lieu qui me perturbe le plus, car elle est incompatible avec ma première hypothèse. Si j'avais deviné correctement l'origine du bruit, il aurait dû être émis avec une intensité maximale à un certain endroit qu'il aurait fallu découvrir, et diminuer ensuite de plus en plus. Mais si mon explication n'était pas exacte, de quoi s'agissait-il donc ? Il était encore possible qu'il y eût deux sources sonores : jusqu'ici, je n'avais perçu le bruit qu'assez loin de ces deux sources, et quand je me rapprochais de l'une d'elles, son bruit certes augmentait, mais comme le bruit de l'autre diminuait, le résultat final était pour l'oreille à peu près le même. J'ai même été à deux doigts de croire, en écoutant plus attentivement, qu'il y avait des variations dans le son, ce qui corroborait ma nouvelle hypothèse, mais elles étaient à vrai dire très peu nettes. En tout cas, j'ai dû élargir mon champ d'expérimentation beaucoup plus que je ne l'avais fait jusqu'à présent.

Je redescends donc la galerie jusqu'à la place forte, et je me mets à l'écoute. Bizarre, encore le même bruit. Bon, il s'agit du bruit que font en creusant je ne sais quelles bêtes insignifiantes ayant commis l'infamie de profiter de mon absence ; en tout cas, elles n'ont pas la moindre intention hostile à mon égard, elles s'occupent seulement de leur besogne, et tant qu'elles ne rencontreront pas d'obstacle, elles continueront dans la direction choisie ; tout cela je le sais, et pourtant je n'arrive pas à comprendre qu'elles aient osé s'avancer jusqu'à la place forte, cela m'irrite et trouble mes facultés, alors que j'en aurais tant besoin pour mon travail. Je ne veux pas faire ici de distinctions : était-ce la profondeur assez considérable où se trouve la place forte, était-ce son étendue et l'important déplacement d'air qui en résulte qui rebutaient les bêtes fouisseuses, ou l'information selon laquelle il s'agissait de la place forte était-elle simplement parvenue d'une manière ou d'une autre à leur esprit obtus ? En tout cas, je n'avais jusqu'alors jamais entendu creuser dans les murs de la place forte. Certes, quantité d'animaux y venaient, attirés par la puissance des exhalaisons, – j'avais là un terrain de chasse assuré – mais ils s'étaient frayé quelque part en haut un passage jusqu'à mes galeries, et ils les descendaient ensuite, apeurés certes, mais fortement attirés. Or voilà qu'ils creusaient maintenant dans les murs ! Si au moins j'avais réalisé les grands projets conçus du temps de ma jeunesse et dans les premières années de l'âge mûr ! Ou plutôt, si j'avais seulement eu la force de les réaliser car ce n'est pas la volonté qui me manquait. L'un de mes projets préférés était de détacher la place forte du sol environnant, c'est-à-dire de ne laisser à ses parois qu'une épaisseur correspondant à peu près à ma taille et de créer de l'autre côté, tout autour de la place forte, exception faite d'un petit socle hélas impossible à isoler du sol, un espace vide de même dimension que les parois. Je m'étais toujours ima-

giné, sans doute à juste titre, que cet espace vide
serait le lieu de séjour le plus magnifique qui puisse
exister pour moi. Ah ! se prélasser sur ce dôme, se
hisser sur lui pour se laisser glisser jusqu'en bas,
faire la pirouette, reprendre pied sur le sol, et
s'amuser à tous ces jeux sur le corps même de la
place forte sans être à l'intérieur ; pouvoir éviter la
place forte, pouvoir se reposer les yeux de sa vue,
remettre à plus tard la joie de la revoir sans être
forcé de s'en passer, la tenir au contraire littéralement entre ses griffes, chose impossible si l'on ne
peut y accéder que par l'ouverture ordinaire ; et,
surtout, pouvoir la surveiller, être tellement bien
dédommagé de ne pas la voir que si l'on avait à
choisir entre rester dans la place forte ou dans
l'espace vide, on choisirait certainement ce dernier
pour toute la vie afin d'y aller et venir en permanence et de protéger la place forte. Alors, il n'y
aurait pas de bruits dans les murs, pas d'insolents
fouissements jusqu'à la place forte, la paix y serait
garantie et j'en serais le gardien ; je n'aurais pas à
écouter avec répugnance les petites bêtes en train
de creuser, mais j'entendrais avec ravissement une
chose dont je suis complètement privé aujourd'hui :
le murmure du silence dans la place forte.

Mais toutes ces belles choses n'existent pas, et je
dois me mettre au travail, presque heureux qu'il

concerne directement la place forte, car cela me donne des ailes. À vrai dire, il est de plus en plus évident que j'ai besoin de toutes mes forces pour accomplir ce travail qui semblait au début tout à fait minime. J'ausculte maintenant les murs de la forteresse, et partout où j'écoute, en haut et en bas, au niveau des murs ou du sol, aux entrées ou à l'intérieur, partout, partout le même bruit. Et que de temps, que d'efforts réclame l'écoute permanente de ce bruit intermittent! On peut, si on le veut, trouver une mince et illusoire consolation en se disant que dans la forteresse, contrairement aux galeries, quand on éloigne son oreille du sol, on n'entend plus rien à cause de l'immensité de l'endroit. Je fais souvent cette expérience, mais seulement pour me reposer, pour réfléchir, j'écoute de toutes mes forces, et je suis heureux de ne rien entendre. Mais au reste, que s'est-il donc passé? Face à ce phénomène, mes premières explications se sont révélées complètement fausses. Mais je dois également rejeter d'autres explications qui se présentent à moi. On pourrait penser que ce que j'entends, ce sont justement ces petites bêtes au travail. Mais cela contredirait tout ce que l'expérience m'a appris; je ne peux tout de même pas me mettre à entendre soudain un bruit que je n'ai jamais entendu, bien qu'il existât depuis toujours. Ma sen-

sibilité aux bruits gênants a peut-être augmenté
dans le terrier au fil des ans, mais mon ouïe ne s'est
certainement pas affinée. Ce qui caractérise justement le menu gibier, c'est qu'on ne l'entend pas.
Sinon, aurais-je jamais pu le supporter ? Au risque
de mourir de faim, je l'aurais exterminé. Mais peut-
être – encore une idée qui s'insinue dans mon
esprit –, peut-être s'agit-il d'un animal que je ne
connais pas encore. Ce serait possible. Certes,
j'observe depuis longtemps et avec beaucoup
d'attention la vie souterraine, mais le monde est
d'une grande diversité et les mauvaises surprises ne
manquent jamais. D'ailleurs, il ne s'agirait pas d'un
animal isolé, il faudrait que tout un troupeau ait
envahi soudain mon territoire, un énorme troupeau de petits animaux, certes plus gros que le
menu fretin puisqu'on les entend, mais pas beaucoup plus puisque le bruit qu'ils font en travaillant
est très faible. Il pourrait donc s'agir d'animaux
inconnus, un troupeau en migration qui ne fait que
passer, qui me dérange, mais qui va bientôt cesser
de défiler. Je pourrais donc attendre tranquillement, ce qui m'éviterait finalement de faire un travail superflu. Mais si ce sont des animaux inconnus,
pourquoi est-ce que je n'arrive pas à les voir ? J'ai
déjà beaucoup creusé pour en attraper un, mais je
n'en trouve aucun. Il me vient à l'esprit que ce sont

peut-être des animaux minuscules, beaucoup plus petits que ceux que je connais, et que seul le bruit qu'ils font est plus important. Je me mets donc à examiner la terre que je viens d'extraire, je lance les mottes en l'air pour qu'elles se pulvérisent en retombant, mais pas la moindre trace des perturbateurs. Je commence à comprendre que ces petits sondages faits au hasard ne peuvent aboutir à rien, je ne fais ainsi que miner les murs de mon terrier, je gratte ici et là en toute hâte, mais je n'ai pas le temps de reboucher les trous, en beaucoup d'endroits déjà il y a des tas de terre qui m'obstruent le passage et la vue. Certes, tout cela ne me gêne qu'accessoirement, car je ne peux en ce moment ni me promener, ni regarder le paysage, ni me reposer ; il m'est arrivé plusieurs fois de m'endormir un court instant en plein travail dans un trou, une patte fichée au-dessus de moi dans la terre dont je voulais, dans la demi-torpeur qui précède le sommeil, arracher un morceau.

Je vais désormais changer de méthode. Je vais construire un véritable tunnel qui ira dans la direction d'où viennent ces bruits, et je ne m'arrêterai pas de creuser avant d'en avoir trouvé la vraie cause, indépendamment de toute théorie. Ensuite, j'éliminerai cette cause, si c'est en mon pouvoir, mais si c'est impossible, j'aurai au moins une certitude.

Cette certitude m'apportera soit la paix, soit le désespoir, mais quoi qu'il arrive, ce sera dans les deux cas indubitable et justifié. Cette décision me fait du bien. Tout ce que j'ai fait jusqu'ici me semble précipité ; dans l'excitation du retour, pas tout à fait délivré des soucis du monde d'en haut, et pas encore entièrement intégré dans la paix du terrier, rendu exagérément sensible du fait d'en avoir été privé si longtemps, j'ai complètement perdu la tête à cause d'un phénomène dont il faut bien reconnaître l'étrangeté. Qu'est-ce qu'il y a au juste ? Un léger chuintement seulement audible entre de longues pauses, un rien auquel on pourrait, je ne dirais pas s'habituer, car on ne pourrait pas s'y habituer, mais que l'on pourrait observer quelque temps sans rien entreprendre vraiment contre lui ; par exemple, on pourrait écouter toutes les deux ou trois heures et enregistrer patiemment le résultat, alors que moi je promène mon oreille le long des murs et éventre la terre presque chaque fois que j'entends un bruit, non pas pour trouver quelque chose, mais pour avoir une activité à la mesure de mon inquiétude. J'espère que cela va changer maintenant. Et en même temps je ne l'espère pas – comme je dois me l'avouer, les yeux fermés, furieux contre moi-même –, car l'inquiétude ne cesse de frémir en moi depuis des heures, et si le bon sens ne me retenait pas, je me mettrais sans doute à creuser n'importe où, sans me soucier de savoir s'il y a un bruit ou pas, par stupidité, par entêtement, pour le plaisir de creuser, un peu comme le menu gibier qui creuse soit sans raison, soit parce qu'il se nourrit de terre.

Mon nouveau projet, fort raisonnable, me séduit et ne me séduit pas. On ne peut rien lui objecter, moi tout du moins, je n'ai aucune objection, il doit, autant que je puisse en juger, me conduire au but. Et pourtant je ne lui fais pas confiance, je lui fais si peu confiance que je ne redoute même pas les effroyables conséquences qu'il pourrait avoir, je ne crois même pas à des conséquences effroyables ; il me semble, à vrai dire, que j'ai songé à des fouilles systématiques dès la première apparition du bruit, et c'est uniquement parce que je n'avais pas confiance en ce projet que je n'ai pas encore commencé. Naturellement, je commencerai quand même le tunnel, je n'ai pas d'autre solution, mais je ne vais pas m'y mettre tout de suite, je vais repousser un peu cette besogne. Si la raison doit reprendre le dessus, il faut qu'elle le fasse complètement, je ne vais donc pas me ruer sur ce travail. En tout cas, je vais d'abord réparer les dégâts que j'ai causés au terrier en creusant partout ; cela va me prendre beaucoup de temps, mais c'est nécessaire ; si le nouveau tunnel doit vraiment me conduire au but, il sera probablement long, et s'il ne mène à rien il sera sans fin ; de toute façon, ce travail implique une absence assez longue hors du terrier, pas une absence aussi grave que lors de mes séjours dans le monde d'en haut, je peux interrompre le travail quand je veux et aller faire une visite chez moi, et même si je ne le fais pas, l'atmosphère de la forteresse parviendra jusqu'à moi et m'enveloppera pendant mon travail ; mais il me faudra tout de même m'éloigner du terrier et m'abandonner à un sort incertain, c'est pourquoi je veux laisser derrière moi un terrier en bon ordre ; il ne faut pas qu'on puisse dire que moi qui luttais pour la paix du terrier, je l'ai troublée moi-même sans chercher à la rétablir aussitôt.

Je commence donc par remettre la terre dans les trous, travail que je connais bien, que j'ai fait un nombre incalculable de fois sans avoir vraiment l'impression de travailler, et pour lequel – ce n'est certainement pas de la vantardise, c'est simplement la vérité – je suis insurpassable, surtout en ce qui concerne le damage final et le nivellement. Mais cette fois, j'ai beaucoup de mal, je suis trop distrait ; en plein travail, je n'arrête pas de coller mon oreille au mur pour écouter, et je laisse avec indifférence la terre que je viens à peine de soulever dévaler la pente. Quant aux travaux de finition, qui exigent une attention plus soutenue, je ne suis guère en mesure de les exécuter. Il reste des bosses fort laides, des fissures gênantes, sans parler des murs tellement rafistolés qu'il est impossible de retrouver leur belle allure d'antan. J'essaie de me consoler en me disant que c'est seulement un travail provisoire. Quand je reviendrai et que la paix sera rétablie, j'améliorerai définitivement les choses, et tout se fera alors en un clin d'œil. Bien sûr, dans les contes de fées tout se fait en un clin d'œil, et cette consolation est tout aussi chimérique. Il vaudrait mieux accomplir dès maintenant un travail parfait, ce serait beaucoup plus utile que de l'interrompre sans cesse pour aller se promener dans les galeries afin de découvrir de nouveaux endroits d'où l'on perçoit le bruit, ce qui est vraiment très simple car il suffit de s'arrêter à n'importe quel endroit et de tendre l'oreille.

Et je fais bien d'autres découvertes inutiles. Il me semble parfois que le bruit a cessé, il fait effectivement de longues pauses; il peut arriver aussi qu'on n'entende plus le chuintement tant est forte la pulsation du sang dans l'oreille, alors deux interruptions n'en font plus qu'une et pendant un court instant on croit que le chuintement s'est arrêté pour toujours. On arrête d'écouter, on saute de joie, la vie est transformée, c'est comme si s'ouvrait la source qui dispense le silence du terrier. On se garde de vérifier immédiatement cette découverte, on cherche d'abord quelqu'un à qui la confier avant de la remettre en doute, on galope jusqu'à la forteresse, on se souvient – toute votre personne s'étant éveillée à une nouvelle vie – que l'on n'a rien mangé depuis longtemps, on arrache n'importe quoi au tas de provisions à moitié enseveli sous la terre, et tout en avalant la nourriture on retourne en courant sur les lieux de l'incroyable découverte ; on veut tout d'abord, accessoirement, rapidement, et en continuant de manger, se convaincre encore une fois de la chose, on tend l'oreille, mais l'écoute la plus superficielle révèle immédiatement que l'on s'est honteusement trompé : imperturbable, le chuintement continue au loin. Alors on recrache la nourriture, on voudrait la piétiner pour la faire disparaître dans la terre, et on retourne à son travail, on ne sait même plus lequel ; là où cela semble nécessaire, – et ce ne sont pas les endroits qui manquent – on se met machinalement à faire quelque chose, comme si le surveillant était arrivé et qu'il fallait lui jouer la comédie.

Mais il peut arriver, à peine a-t-on recommencé à travailler, qu'on fasse une nouvelle découverte. Le bruit semble être devenu plus fort, pas beaucoup plus fort naturellement – il ne s'agit jamais que d'infimes différences –, mais quand même un peu plus fort, et nettement perceptible à l'oreille. Et cette augmentation du bruit semble correspondre à un rapprochement, on voit littéralement l'allure à laquelle il se rapproche, et ce beaucoup plus nettement qu'on ne l'entend augmenter. D'un bond on s'écarte du mur, on essaie d'embrasser d'un seul coup d'œil toutes les conséquences de cette découverte. On a le sentiment de n'avoir certes jamais organisé le terrier pour se défendre contre une attaque, on en avait l'intention mais, au mépris de l'expérience, on a cru le risque d'une attaque, et par conséquent la nécessité de se défendre, fort lointains – non, pas lointains (comment serait-ce possible !), mais beaucoup moins urgents que les aménagements pour une vie paisible auxquels on a donc donné la priorité dans tout le terrier. On aurait pu à cet égard aménager beaucoup de choses sans bouleverser le plan de base, mais, d'une façon incompréhensible, rien n'a été fait. J'ai eu beaucoup de chance pendant toutes ces années, la chance m'a trop gâté, j'étais inquiet, mais quand on nage en plein bonheur l'inquiétude ne mène à rien.

Ce qu'il faudrait commencer par faire, c'est inspecter le terrier en étudiant précisément toutes ses

capacités défensives imaginables, élaborer un plan
de défense et un projet de construction adapté, et
commencer tout de suite les travaux avec une
ardeur de jeune homme. Ce serait indispensable; il
est, soit dit en passant, beaucoup trop tard naturellement, mais ce serait vraiment nécessaire au lieu
de creuser je ne sais quel tunnel d'exploration qui
n'a en fait pour but que de me vouer de toutes mes
forces, et sans défense, à la recherche du danger,
dans la crainte insensée qu'il pourrait ne pas arriver assez vite de lui-même. Tout d'un coup, je ne
comprends plus mon ancien plan. Alors qu'il me
semblait autrefois judicieux, je ne lui trouve plus
maintenant le moindre bon sens; j'arrête à nouveau mon travail, j'arrête aussi d'écouter, je n'ai
plus envie de découvrir d'autres bruits plus
intenses, j'en ai assez des découvertes, j'arrête tout,
je serais déjà bien content si je pouvais apaiser mes
conflits intérieurs. De nouveau je laisse mes galeries
m'entraîner au loin, je me retrouve dans des couloirs de plus en plus éloignés, que je n'ai pas encore
vus depuis mon retour, dans des endroits que mes
pattes fouisseuses ont laissés absolument intacts,
dont le silence s'éveille à ma venue et se penche sur
moi. Je ne m'y abandonne pas, je traverse ces lieux
à la hâte, je ne sais plus du tout ce que je cherche,
sans doute à gagner du temps. Je m'égare si loin

que j'arrive au labyrinthe, je suis tenté d'écouter à la trappe de mousse ; des choses lointaines – lointaines pour l'instant – suscitent mon intérêt. J'avance jusqu'en haut et prête l'oreille. Silence total ; comme c'est beau ici, personne ne s'occupe de mon terrier, chacun vaque à ses occupations qui n'ont aucun rapport avec moi, comment ai-je fait pour parvenir à ce résultat ? Cet endroit près de la couche de mousse est peut-être maintenant le seul de mon terrier où je peux tendre l'oreille pendant des heures sans rien entendre. Renversement complet de situation dans le terrier : jusqu'ici lieu de danger, il est devenu un lieu de paix, mais la forteresse, elle, a été entraînée dans le fracas du monde et de ses dangers. Plus grave encore : en réalité, même ici la paix n'existe pas, rien n'a changé, silence ou fracas, le danger est à l'affût au-dessus de la mousse, mais j'y suis devenu insensible, car le chuintement de mes murs m'accapare trop.

M'accapare-t-il vraiment ? Il augmente, il se rapproche, mais moi je me faufile à travers le labyrinthe et m'installe en haut sous la mousse, c'est un peu comme si j'abandonnais ma demeure au chuinteur, bien content de trouver ici un peu de tranquillité. Au chuinteur ? Aurais-je donc une nouvelle opinion arrêtée sur l'origine du bruit ? Mais ce bruit provient bien des rigoles que creusent les petites bêtes ? N'est-ce pas là mon intime conviction ? Je n'ai pas l'impression de m'en être écarté. S'il ne provient pas directement des rigoles, il en provient, d'une façon ou d'une autre, indirectement. Et s'il apparaissait qu'il n'a aucun rapport avec elles, on ne peut faire *a priori* aucune hypothèse, et il faut attendre qu'on en trouve peut-être un jour l'origine ou qu'elle se révèle d'elle-même. Évidemment, on pourrait continuer de jouer avec les suppositions, on pourrait dire par exemple que quelque part au loin s'est produite une arrivée d'eau très brutale, et ce qui me semble être un sifflement ou un chuintement serait en réalité un murmure. Mais en dehors du fait que je n'ai aucune expérience en la matière – j'ai immédiatement détourné les eaux souterraines que j'ai trouvées à mon arrivée, et, dans cette terre sablonneuse, elles ne sont plus revenues –, c'est bien un chuintement, qu'on ne doit pas interpréter comme un murmure.

Mais à quoi servent toutes les exhortations au calme ? L'imagination est impossible à arrêter et je persiste effectivement à croire – il est inutile de se le nier à soi-même – que ce chuintement vient d'un seul animal, non pas d'une foule de petites bêtes mais d'un seul et unique gros animal. Beaucoup de choses contredisent cette hypothèse : on entend le bruit partout et toujours avec la même intensité, et de plus en permanence, aussi bien le jour que la nuit. Certes, on aurait d'abord plutôt tendance à supposer qu'il s'agit d'une foule de petites bêtes, mais comme j'aurais forcément dû les trouver lors de mes fouilles et qu'il n'en a rien été, seule subsiste l'hypothèse de la présence d'un gros animal, d'autant plus que ce qui semble démentir cette supposition ne rend pas son existence impossible mais prouve simplement qu'il est plus dangereux que tout ce qu'on peut imaginer. C'est la seule raison pour laquelle je me suis défendu contre cette hypothèse. Je renonce à continuer de me tromper moi-même. Depuis longtemps, je joue avec l'idée que si on l'entend même à une grande distance, c'est parce qu'il travaille à toute vitesse, il se creuse aussi vite son chemin à travers la terre qu'un promeneur progressant sans entraves, la terre tremble tout autour de son tunnel, même une fois qu'il est passé, ce tremblement et le bruit de son travail se confondent à distance, et moi qui n'en perçois que l'ultime écho, je l'entends partout avec la même intensité. À cela s'ajoute que l'animal ne se dirige pas vers moi, ce qui explique pourquoi le bruit est toujours le même ; en fait il a une stratégie dont je ne saisis pas le sens, je suppose simplement que l'animal m'encercle – je ne prétends cependant pas le moins du monde qu'il connaisse mon existence ;

il a sans doute déjà décrit plusieurs cercles autour de mon terrier depuis que je l'observe.

La nature de ce bruit, chuintement ou sifflement, me donne beaucoup à réfléchir. Ma façon à moi de gratter et de fouiller la terre fait un bruit tout à fait différent. Je ne peux m'expliquer ce chuintement qu'en supposant que le principal outil de la bête, ce ne sont pas ses griffes, dont elle s'aide peut-être accessoirement, mais son museau ou son groin qui, abstraction faite de leur énorme puissance, sont sans doute munis de parties tranchantes. Elle enfonce probablement d'un coup violent son groin dans la terre et en arrache un gros morceau ; pendant ce temps, je n'entends rien, c'est la pause, mais ensuite elle aspire de l'air pour porter un nouveau coup. C'est cette aspiration de l'air qui doit faire un vacarme à ébranler le sol, non seulement à cause de la force de la bête, mais aussi du fait de sa hâte, de l'ardeur qu'elle met au travail, et ce bruit me parvient sous forme d'un léger chuintement. Mais ce que je n'arrive pas à comprendre, c'est sa capacité à travailler sans arrêt ; peut-être trouve-t-elle pendant les pauses l'occasion de se reposer un tout petit moment, mais elle n'a apparemment pas encore pris de véritable repos, elle creuse nuit et jour, toujours avec la même force et la même vigueur, ne perdant pas de

vue le plan qu'il lui faut exécuter au plus vite et
pour lequel elle a toutes les capacités nécessaires.
Je ne pouvais pas m'attendre à un tel adversaire.
Mais indépendamment de ses singularités, il se
produit maintenant une chose que j'aurais toujours dû redouter, une chose contre laquelle
j'aurais dû prendre des mesures : quelqu'un
approche !

Comment se fait-il que pendant si longtemps les
choses se soient passées si bien et si tranquillement ?
Qui a dirigé les pas de mes ennemis afin de leur
faire faire un grand détour pour éviter mon territoire ? Pourquoi ai-je été aussi longtemps protégé si
c'est pour être maintenant plongé dans l'effroi ?
Qu'étaient tous les petits dangers auxquels j'ai passé
mon temps à réfléchir, comparés à celui-là ! Espé-
rais-je, en tant que propriétaire du terrier, avoir le
dessus sur tout nouvel arrivant ? C'est justement
parce que je possède ce grand ouvrage si fragile que
je suis sans défense face à toute attaque un peu
sérieuse. Le bonheur de le posséder m'a donné de
mauvaises habitudes, la fragilité du terrier m'a
rendu fragile, ses blessures me font mal comme si
c'étaient les miennes. C'est cela que j'aurais dû pré-
voir, ne pas penser uniquement à ma propre
défense – et même cela, avec quelle insouciance et
quelle inefficacité je l'ai fait ! –, mais à celle du ter-

rier. Il faudrait avant tout veiller à ce que, en cas d'attaque, certaines de ses parties – le plus grand nombre possible – soient séparées des secteurs moins menacés par des éboulements réalisables en un temps record, séparées de manière si efficace et par des masses de terre si énormes que l'assaillant ne puisse soupçonner que le véritable terrier se trouve derrière. De plus, ces éboulements devraient être de nature non seulement à dissimuler le terrier mais aussi à ensevelir l'assaillant. Je n'ai pas fait la moindre tentative dans cette direction, rien, absolument rien n'a été entrepris dans ce sens, j'ai été aussi insouciant qu'un gamin, j'ai passé mes années d'homme mûr en jeux puérils, le fait même de penser aux dangers n'a été qu'un jeu, et j'ai omis de penser aux véritables risques. Et pourtant, les avertissements n'ont pas manqué.

Il est vrai qu'il ne s'est rien passé de comparable à la situation actuelle, mais il faut dire quand même qu'il y a eu quelque chose d'analogue dans les premiers temps du terrier... À l'époque, petit apprenti, je travaillais à ma première galerie, le labyrinthe n'existait encore qu'à l'état d'ébauche, j'avais déjà creusé un petit rond-point mais il était complètement raté dans ses dimensions et dans la réalisation des murs ; bref, tout ce que je faisais au début ne pouvait être considéré que comme un

essai, comme quelque chose qu'on pouvait brusquement laisser tomber sans grand regret si on
perdait patience. C'est alors qu'un jour, pendant
une pause – dans ma vie, j'ai toujours fait trop de
pauses –, tandis que je me reposais entre mes tas
de terre, j'entendis soudain un bruit au loin. Jeune
comme je l'étais, j'en éprouvai plus de curiosité
que de crainte. J'abandonnai mon travail et me mis
à tendre l'oreille ; au moins, j'écoutais ! Je ne me
précipitais pas en haut sous la mousse pour
m'allonger et ne pas avoir à écouter ce bruit !
J'écoutais. Je pouvais discerner qu'il s'agissait d'un
fouissement semblable au mien, sans doute un peu
plus faible, mais il était impossible de savoir quel
rôle jouait la distance en l'occurrence. J'étais sur le
qui-vive, mais je restais par ailleurs d'un grand
sang-froid et d'un grand calme. Je suis peut-être
dans le terrier d'un autre, pensais-je, et son propriétaire est en train de creuser pour se rapprocher
de moi. Si cette supposition s'était révélée exacte,
n'ayant jamais été ni conquérant ni agressif,
j'aurais quitté les lieux pour aller construire
ailleurs. Mais il est vrai que j'étais encore jeune et
que je n'avais pas encore de terrier, il m'était donc
facile de garder mon sang-froid et mon calme. La
suite de cette aventure ne me causa pas non plus
d'émotion notable, mais il n'était pas facile de

l'interpréter. Si celui qui creusait voulait vraiment venir vers moi parce qu'il m'avait entendu creuser, il fut impossible de savoir, quand il changea de direction – ce qui fut effectivement le cas –, s'il le faisait parce que l'interruption de mon travail le privait de tout repère dans sa progression, ou parce qu'il avait de lui-même changé ses projets. Mais peut-être m'étais-je complètement trompé, peut-être ne s'était-il jamais dirigé contre moi, en tout cas le bruit s'amplifia encore un certain temps, comme s'il se rapprochait; j'étais jeune alors, et je n'aurais peut-être pas été mécontent de voir brusquement le fouisseur surgir de la terre, mais rien de cette nature ne se produisit, à partir d'un certain moment, le bruit de fouissement commença à diminuer, il devint de plus en plus faible, comme si le fouisseur déviait peu à peu de sa direction initiale, et tout d'un coup le bruit cessa complètement, comme s'il avait brusquement décidé d'aller dans la direction opposée et s'éloignait de moi à toute allure. Pendant longtemps, je tendis l'oreille dans le silence, puis je repris mon travail. Cet avertissement avait été suffisamment clair, mais je ne tardai pas à l'oublier et il n'eut guère d'influence sur mes projets de construction.

Entre cette époque et celle d'aujourd'hui s'est écoulée ma vie d'homme mûr; mais n'est-ce pas comme s'il n'y avait rien eu pendant cette période? Je fais toujours de longues pauses dans mon travail pour écouter au mur, et le fouisseur a de nouveau modifié ses projets, il a fait demi-tour, il revient de son long voyage, il croit m'avoir laissé suffisamment de temps pour me préparer à le recevoir. Mais de mon côté les choses sont moins bien organisées qu'autrefois, le grand terrier est là, sans défense, je ne suis plus un petit apprenti mais un vieux maître d'œuvre, et le peu de forces qui me reste m'abandonnera au moment de l'affrontement décisif; mais j'ai beau être âgé, il me semble que j'aimerais l'être encore plus, devenir si vieux que je ne pourrais plus me relever de mon lieu de repos sous la mousse. Car en réalité, je ne supporte quand même pas de rester ici, je me relève et redescends à toute allure dans ma demeure comme si, au lieu de la tranquillité, je n'avais trouvé ici que de nouveaux soucis. Où en étaient les choses la dernière fois? Le chuintement avait diminué? Non, il avait augmenté. J'écoute à dix endroits choisis au hasard et me rends compte de mon erreur : le chuintement est resté le même, rien n'a changé. Là-bas, il n'y a pas de changement, on est calme, et le temps ne compte pas, alors qu'ici chaque instant qui passe ébranle celui qui écoute. Et je reprends le long chemin qui mène à la forteresse, tout ce qui m'entoure me semble en émoi, semble me regarder, puis vite détourner le regard pour ne pas me gêner, puis s'efforcer de lire sur mon visage les décisions qui sauveront la situation. Je secoue la tête, je n'ai pris encore aucune décision. Et je ne vais pas à la forteresse pour y exécuter un quelconque projet. Je passe devant l'endroit où j'avais voulu creuser le tunnel d'exploration, je l'examine à nouveau, c'eût été un bon endroit, le tunnel aurait conduit dans la direction où se trouvent la plupart des petites adductions d'air, ce qui m'aurait beaucoup facilité le travail ; je n'aurais peut-être pas eu besoin de creuser très loin, il n'aurait pas été nécessaire de creuser jusqu'à l'origine du bruit, peut-être aurait-il suffi d'écouter aux conduits d'aération. Mais nulle considération n'est assez forte pour m'encourager à faire ces travaux. Ce tunnel doit m'apporter une certitude ? J'en suis à ne plus vouloir de certitude. Dans la forteresse, je choisis un beau morceau de viande rouge dépecée et me réfugie avec dans l'un des tas de terre ; là au moins le silence règnera, si tant est qu'un véritable silence puisse encore régner ici. Je lèche et mordille la viande, je pense tantôt à la bête inconnue qui se fraye son chemin au loin, tantôt je me dis que je devrais profiter au mieux de mes provisions tant que j'en ai encore la possibilité. C'est sans doute là le seul projet que je puisse encore réaliser.

Au reste, je cherche à déchiffrer les intentions de la bête. Voyage-t-elle ou travaille-t-elle à son propre terrier ? Si elle voyage, il serait peut-être possible de s'entendre avec elle. Si elle se fraye vraiment un chemin jusqu'à moi, je lui donnerai quelques-unes de mes provisions, et elle continuera sa route. Oui, elle continuera sa route. Dans mon tas de terre, je peux naturellement faire tous les rêves possibles et imaginables, je peux même rêver d'une entente bien que je sache parfaitement que cela n'existe pas et qu'au moment où nous nous verrons, et même où nous sentirons la proximité de l'autre, en proie à la même folie et à une faim nouvelle, même si nous sommes complètement repus, nous ferons tous les deux exactement au même instant usage de nos griffes et de nos dents l'un contre l'autre. Et comme toujours, à bon droit, car quel est le voyageur qui ne modifierait pas ses projets de voyage et d'avenir en voyant mon terrier ? Mais peut-être la bête creuse-t-elle dans son propre terrier, il est alors inutile de rêver d'une entente. Même si c'était une bête tellement bizarre que son terrier puisse supporter un voisinage, mon terrier à moi n'en tolère aucun, tout au moins aucun voisinage bruyant. À vrai dire, la bête semble maintenant être très loin, si elle s'éloignait encore un peu plus, le bruit disparaîtrait sans doute, et peut-être qu'alors tout pourrait s'arranger comme dans l'ancien temps, ce ne serait qu'une expérience désagréable mais bienfaisante qui m'inciterait à faire toutes sortes d'améliorations ; quand je suis tranquille et non tourmenté par un danger immédiat, je suis encore capable d'accomplir de grandes choses ; peut-être la bête, vu les énormes possibilités que semble lui offrir sa puissance de travail, renoncera-t-elle à étendre son terrier dans la direction du mien et trouvera-t-elle ailleurs un dédommagement. Cela non plus ne peut être obtenu par des négociations mais par le bon sens de la bête ou par une contrainte que je pourrais exercer. Dans les deux cas, il sera décisif de savoir si la bête connaît mon existence, et ce qu'elle en connaît. Plus j'y réfléchis, moins il me semble vraisemblable qu'elle m'ait entendu ; il est possible, même si je n'arrive pas à l'imaginer, qu'elle ait eu des informations sur moi, mais elle ne m'a sans doute pas entendu. Tant que je ne savais rien d'elle, elle ne peut absolument pas m'avoir entendu car je restais silencieux ; il n'y a rien de plus silencieux que les retrouvailles avec le terrier ; ensuite, quand j'ai fait mes sondages, elle aurait pu m'entendre bien que ma façon de creuser fasse très peu de bruit ; mais si elle m'avait entendu, je m'en serais forcément aperçu car elle aurait dû s'arrêter souvent dans son travail pour tendre l'oreille, mais rien n'avait changé,*

---

* Le manuscrit s'achève au milieu d'une phrase (N.d.É.).

Une œuvre souterraine

Franz Kafka meurt le 3 juin 1924, à l'âge de quarante et un ans. De 1912 jusqu'à sa mort, il écrit une série de nouvelles, inaugurées par *La Métamorphose,* caractérisées par des rencontres et des transformations entre humains et animaux : *La Taupe géante* (1914), *Chacals et Arabes* (1917), *Le Vautour* (1920), *Le Chat et la souris* (1920), *Les Recherches d'un chien* (1922), *Le Terrier* (1923-1924), *Joséphine la cantatrice ou le Peuple des souris* (1924). Ces « dernières nouvelles », que Kafka nous lègue comme un testament, s'éclairent mutuellement par les oppositions, les correspondances qu'elles suggèrent. *Le Terrier (Der Bau)* est celle où se mêlent avec le plus de violence l'issue inexorable d'une destinée tragique et une extraordinaire distanciation comique. L'humour noir atteint ici un paroxysme. Un troglodyte nous fait partager l'extrême ingéniosité de sa vie enterrée et des stratagèmes minutieux qui en font un havre de paix ; tandis que la moindre présence d'autrui, hormis celle d'un unique homme de confiance, est l'indice à coup sûr d'une relation sanguinaire. La description méticuleuse de cette sombre descente aux entrailles de la terre est indissolublement liée aux moyens pratiques et intellectuels mis en œuvre pour réaliser une maison fantastique, censée protéger des dangers de la vie face à une mort de plus en plus proche, maison dont on pressent qu'elle va bientôt devenir, de fait, une sépulture.

L'auteur du *Terrier* accomplit ainsi une double tâche : il construit une curieuse demeure-forteresse sous terre, et il en décrit les caractéristiques au travers de cette nouvelle, avec un mélange de grande précision et de non moins grande ambiguïté.

Le lecteur est ainsi confronté à de multiples questions, qui ont de quoi augmenter sa perplexité dès lors qu'il cherche à clarifier ce qui lui est pourtant donné comme un texte frôlant l'évidence : à première lecture, le concepteur-réalisateur de ce logis labyrinthique et radiaire est un animal plus ou moins facilement identifiable. Il est alors tentant de se demander de quel animal il s'agit. Et plus on cherche à trouver une réponse précise, et plus le mystère s'épaissit. De même, la nature de l'édifice apparaît faussement évidente, tant ce qui saute aux yeux est un leurre : s'agit-il d'un terrier, d'un gîte, d'une tanière, d'une citadelle, voire d'une mine qui finit par miner son auteur ?

Le narrateur est bien cet être qui a tenté de construire autour de lui un logis invisible, masqué, qui pourrait passer pour un vulgaire trou ; il est conçu comme une enveloppe souterraine et protectrice, et son concepteur-réalisateur nous explique (par écrit !) qu'il a passé sa vie à tenter de rester inaperçu. Il présente des comportements locomoteurs, alimentaires, qui évoquent immédiatement certains types d'animaux : il construit ses galeries souterraines comme une taupe, sinon que l'entrée et la sortie sont bien particulières : un grand trou qui bute rapidement sur de la roche bien dure donne le change à la véritable entrée, située à mille pas, réalisée par un orifice recouvert d'un couvercle de mousse (là où la taupe laisse des traces de son passage, ces mottes de terre si caractéristiques et si difficiles à supporter pour les propriétaires de gazons !).

L'écrivain apparaît, dans la description qu'il fait de lui-même (mais pas nécessairement dans l'acte même de décrire), comme un animal atypique, sans vrais prédateurs ni congénères rivaux : il a plutôt des ennemis incertains, indifférenciés, qui risquent de l'anéantir. Si un congénère existait, il s'agirait plutôt d'une « horrible fripouille » cherchant à squatter le terrier, et qu'il faudrait occire au plus vite.

Tandis que les comportements décrits au sein du récit évoquent un curieux animal, le repérage du travail du narrateur fait à l'inverse penser à un homme, qui réfléchit, se confie, décrit son existence, et affine les principaux traits de son ouvrage. On voit mal une taupe prendre la plume et faire état de la réalisation de sa construction souterraine. Kafka prête-t-il à un animal des raisonnements humains, ou réduit-il le narrateur humain à un mammifère quadrupède ? Autrement dit, le constructeur du terrier est-il devenu métaphoriquement une bête qui n'a rien à voir avec la personne qui décrit la situation en son nom ? Cet édifice souterrain serait-il la description objective d'une tanière réalisée par un architecte bestialisé, ou bien serait-il la narration même de Kafka, dont le texte, cherchant à rester obscur, insaisissable, deviendrait l'antre tout autant protecteur que persécuteur ? Le terrier fait partie de son constructeur, le constructeur fait partie du terrier : ils sont non seulement faits l'un pour l'autre mais aussi étroitement indissociables, identitairement intriqués.

À dire vrai, cet homme-animal, quasi unique en son genre et en son espèce, construit un ouvrage dont les frontières territoriales sont non définies et dont la structure en réseau s'étend de manière démesurée : tous les cent mètres, les galeries s'élargissent en prenant la forme de ronds-points, d'où partent neuf autres galeries : leur nombre est tel qu'une grande quantité de ces carrefours n'a été visitée qu'une seule fois. Pourtant, le réalisateur de cette habitation labyrinthique et réticulée voudrait bien isoler complètement cette « forteresse » de la terre environnante : un espace vide, de même taille que les parois des galeries, serait censé séparer presque intégralement l'ouvrage du restant de la terre. Il est dit, « hélas », qu'une petite base devrait alors assurer nécessairement l'ensemble d'une connexion avec le sol, afin d'éviter que l'édifice n'en vienne à s'écrouler. Le regret véhiculé par cet « hélas » a quelque chose de tragi-comique : il relève tout à coup d'un constat réaliste, dont il n'est pas sûr qu'il permette que cette entreprise démiurgique reste viable bien longtemps. Outre qu'il apparaît bien difficile de délimiter ainsi une demeure aux frontières continuellement évolutives, on frémit à l'idée que la résistance du matériau ainsi travaillé ne supporte bien longtemps de telles contraintes tectoniques.

De même, le bruit émis par l'ennemi ne renvoie à rien de connu : ni à un prédateur vis-à-vis duquel il serait possible de mettre en œuvre des stratégies adéquates, ni même à un rival permettant d'envisager un combat loyal selon des règles communément acceptées. L'ennemi serait plutôt un autre qui pourrait ressembler au narrateur comme l'unique spécimen d'une autre espèce mutante : un autre soi-même s'infiltrant dans l'ouvrage souterrain du créateur-constructeur-narrateur.

Chez les fabulistes, d'Ésope à La Fontaine, l'homme et l'animal sont suffisamment éloignés, distincts et typés pour que la métaphore opère : le corbeau, le renard, la cigale, la fourmi, le lion, la grenouille, le bœuf tiennent lieu de personnages humains. Les catégories des mondes animaux et humains ne permettent aucune confusion, et c'est à partir de cette absence de confusion que le travail métaphorique devient opérant. Plus le poète met en scène des animaux, plus le caractère humain se dévoile, au travers d'analogies qui permettent de comparer ce qui, par ailleurs, reste incomparable. À l'extrême, le genre des fables et des contes aboutit à une anthropomorphisation des animaux, qui ne sont là que pour représenter des personnalités humaines bien typées. L'extrême inverse, et vraisemblablement symétrique du premier, nous est proposé par l'éthologie comparative : nous pourrions différencier les conduites (voire les âmes) humaines de leurs consœurs animales, par comparaison : l'espèce humaine serait la seule espèce animale à pouvoir prétendre se distinguer de toutes les autres, par l'affirmation même de cette arrogance distinctive : plus les conduites humaines rappellent les comportements animaux, et plus l'humanité émergerait de cet excès de zoomorphisation différenciatrice.

Lorsque l'on considère les « dernières nouvelles » de Kafka, de *La Métamorphose* jusqu'à *Joséphine la cantatrice ou le Peuple des souris,* l'interprétation du texte à partir de processus métaphoriques apparaît des plus risquées ; les catégories du temps, de l'espace, des objets, des êtres, des collectivités, des constructions, sont rien moins qu'assurées. Kafka décrit avec des mots précis des personnages, des situations, des systèmes d'appartenance uniques et inhabituels. Les êtres sont des personnages humains sous certains aspects, des animaux selon certains autres traits, voire des mutants dont les singularités subvertissent les systèmes d'appartenance préalablement répertoriés ; les peuples, les espèces, les groupes symboliques sont mal différenciés, résolument indistincts.

Bien malin qui pourrait donner une transcription exacte du *Bau* : le mot allemand évoque d'abord une construction, puis un terrier. Les conduites animales de l'auteur-architecte-constructeur de cette demeure enterrée ne permettent pas d'identifier une espèce répertoriée : chaque évocation est rapidement démentie par telle ou telle conduite : taupe, lièvre, musaraigne, etc. Connaît-on d'ailleurs un animal qui craigne de devenir la proie d'« ennemis », de « bandits acharnés », et qui, de proie, soit susceptible de devenir le prédateur de ses propres prédateurs ? Peut-on imaginer une bête qui ait un « homme de confiance », une bête qui, « homme mûr », réfléchisse sur son passé et se plaigne d'avoir pris de mauvaises habitudes ?

Si *Le Terrier* est l'avant-dernière nouvelle, inachevée, de Kafka, *Joséphine* est la dernière nouvelle, achevée : d'un côté, une œuvre souterraine, qui cherche à se confondre incognito avec un travail sans fin, de l'autre, une œuvre aérienne, connue de tout le peuple des souris, et qui ne survivra pas à l'artiste. Le chant de Joséphine ne ravit les souris que du fait d'un trait dérisoire : ce que les souris aiment, c'est le sifflement dans la voix de Joséphine (d'ordinaire, siffler est une manière vulgaire de rendre compte d'une mélodie, ou une manière pour le public d'exprimer son mécontentement !). Ce que redoute le narrateur du terrier, c'est que le bruit insidieux, chuintement ou sifflement, et de plus en plus insistant, ne soit le signe d'un persécuteur prêt à chaque instant à l'anéantir. Autant Joséphine est un personnage aimé du public, autant l'être du terrier recherche la solitude absolue, et ne se connaît que des proies ou des ennemis, hormis un unique homme de confiance.

Alors même que le langage de Kafka est d'une grande concision et ne supporte pas la moindre déviation, l'interprétation semble interdite. Plus le lecteur cherche à comprendre, plus il est réduit au constat. La métaphorisation est définitivement stoppée, dégradée, altérée, singularisée. L'habitant du terrier ne représente que lui-même, il n'est pas l'image d'un autre déjà identifié, il n'est pas une façon de parler d'autre chose que de lui-même. Le représentant de la construction ne fait que présenter l'absence de représentation ; la représentation s'autodétruit, arrête la dérive des signes, crée un monde à la fois univoque (il ne fait référence qu'à un seul objet : lui-même), et équivoque (il est un mélange incertain de mondes qui d'ordinaire s'excluent pour pouvoir catégoriser, signifier, symboliser). Si l'auteur-constructeur est conjecturalement un humanoïde-taupoïde..., il est unique en son genre, par le fait même qu'il fait tout pour déjouer la reconnaissance de son identité.

Et même, la question de savoir si c'est un « taupoïde » réel, ou ce qu'on appelle désormais une « taupe » lorsqu'un homme s'infiltre en terrain ennemi de manière à ne pas être identifié comme espion (sens qui n'existait pas encore du temps de Kafka) reste conjecturale. Kafka n'a-t-il pas anticipé toutes les turpitudes des comportements qui conduisent l'être humain, ses constructions et ses organisations au comble de l'inhumanité ? Cet édifice en creux nous révèle que l'action inachevée de l'ouvrage est d'autant plus opérante qu'elle reste occulte, et qu'elle en vient à être démasquée dans cet excès même d'occultation.

Imaginons que l'auteur du *Terrier* soit une « taupe », en un sens qui ne soit ni strictement métaphorique ni purement littéral. Cette taupe cache d'autant mieux son jeu qu'elle présente des comportements qui ne correspondent pas à ceux d'une véritable taupe, et qu'elle ne saurait devenir un espion humain masqué que de manière anachronique. « Certes, il y a des ruses si subtiles qu'elles se détruisent elles-mêmes, je le sais mieux que quiconque, et il est certainement téméraire de laisser supposer par ce trou qu'il puisse y avoir là quelque chose méritant une investigation. » En proférant cette hypothèse, je crois percevoir dans l'ombre d'un rond-point les yeux apeurés du poète à l'écoute du bruit émis par l'ennemi lecteur. Kafka souhaitait que son seul « homme de confiance » et exécuteur testamentaire, Max Brod, détruisît son œuvre. En désobéissant aux dernières volontés de son ami, Max Brod réalise une trahison salvatrice et laisse le lecteur devant un choix dangereusement libérateur : celui de ne pas gêner Kafka dans la poursuite de sa création potentiellement autodestructrice ; celui de venir l'effrayer par quelque bruit intempestif, et découvrir à son tour ce moment de terreur exquise où le lieu de sécurité maximale devient celui de tous les dangers ; lieu où la paix du « chez-soi » devient mortelle : un tombeau pour l'éternité.

JACQUES MIERMONT

Vie de Franz Kafka

3 juillet 1883. Naissance à Prague de Franz Kafka, issu d'une famille de commerçants juifs.

1893-1901. Études au lycée allemand de Prague.

1901. Études de droit à Prague. À partir de cette année, Kafka tiendra régulièrement des journaux intimes.

1902. Vacances à Trieste. Kafka se lie d'amitié avec Max Brod, Oskar Baum et Felix Weltsch, et participe aux discussions du Cercle Brentano.

1904. Kafka rédige *Description d'un combat*. Déjà à cette époque, il parle de la « nullité de sa vie ».

1906. Docteur en droit, Kafka entre en stage au tribunal correctionnel.

1907. Rédaction des *Préparatifs de noces à la campagne*. Kafka est engagé aux Assicurazioni generali.

1908. *Regard,* sa première publication, paraît dans la revue *Hyperion*. Kafka avoue ses tendances suicidaires à ses amis. Il est engagé à l'Office d'assurances contre les accidents du travail.

1909. Parution de *Conversation avec l'homme en prière* et de *Conversation avec l'homme ivre* dans *Hyperion*. Vacances en Italie avec Max et Otto Brod. Kafka participe aux réunions anarchisantes du Klub Mladlych.

1910. Kafka commence la rédaction de son *Journal*. Des problèmes de santé s'ajoutent à sa tendance à l'introversion. Publication de *Un roman de la jeunesse* dans *Bohemia*.

1911. Voyage avec Max Brod en Italie et à Paris, pendant lequel tous deux commencent un travail littéraire commun, dont le premier chapitre, intitulé « Le Grand Voyage en chemin de fer », paraît dans *Herderblätter*. Kafka rencontre l'acteur Isak Löwy et s'intéresse à la religion et à la littérature juives.

1912. Correspondance avec Felice Bauer. Kafka fait une lecture publique du *Verdict* à l'association Herder. Un passage du *Journal* paraît dans *Herderblätter*, et *Regards* est publié chez Ernst Rowohlt à Leipzig.

1913. Publication de *Méditation* chez Ernst Rowohlt et du premier chapitre de *L'Amérique* chez Kurt Wolff. À Troja, pendant l'été, il s'adonne à l'horticulture. Ses vacances en Italie le font échouer au sanatorium de Riva. Fiançailles avec Felice Bauer, qu'il rompt presque aussitôt.

1915. Malgré une activité littéraire très faible, Kafka écrit *Un célibataire entre deux âges*. Pour fuir le foyer familial, il prend un logement indépendant dans la Langengasse. Carl Sterheim, lauréat du prix Fontane, se désiste en faveur de Kafka. Publication de *La Métamorphose* aux éditions Kurt Wolff.

1916. Son poste à l'Office d'assurances occupe tout son temps. Rencontre de Robert de Musil. Parution du *Verdict* chez Kurt Wolff et de *Un rêve* dans *Das Jüdische Prag*. Kafka rédige *La Colonie pénitentiaire* et *Gardien de tombeau*.

1917. Période très féconde de production littéraire (*Un médecin de campagne, Le Pont, La Muraille de Chine*, etc.). Kafka s'installe au Palais Schönborn. Secondes fiançailles avec Felice Bauer dont il se sépare définitivement en décembre. Atteint de tuberculose, Kafka prend un congé pour s'installer avec sa sœur Ottla à Zänrau.

1918. Kafka se livre à des réflexions métaphysiques et religieuses, reportées dans ses journaux intimes, mais n'écrit plus.

1919. Kafka se lie avec Julie Wohryzek, mais son père s'oppose à leur mariage. Parution de *La Colonie pénitentiaire* chez Kurt Wolff. Il retrouve son ami Max Brod à Schelesen pendant l'hiver.

1920. De nouveau à Prague, Kafka rédige *Lui*. *Un médecin de campagne* est publié chez Kurt Wolff. À partir de juillet, il reprend son travail à l'Office d'assurances, sans freiner sa production littéraire.

1921. Séjour au sanatorium de Matliary, où il devient l'ami du docteur Klopstock. Il rédige *Première souffrance* mais se tourne surtout vers des réflexions sur la religion juive.

1922. Nouvelle période d'activité littéraire : *Un champion de jeûne* paraît dans *Neue Rundschau* ; *Le Château* et de nombreuses ébauches dans le *Journal*. Séjour à Plana avec Ottla. Parution de *Première souffrance* dans *Genius*.

1923. Kafka pense un temps à émigrer en Palestine, mais sa maladie l'en empêche. Il écrit encore *Une petite femme* et *Le Terrier*. À Müritz, il fait la rencontre de la jeune Dora Dymant qui sera sa compagne des derniers mois.

1924. Rédaction et publication de *Joséphine la cantatrice*. Ramené à Prague par Max Brod, il meurt le 3 juin au sanatorium de Kierling. Il est enterré au cimetière juif de Prague.

Repères bibliographiques

OUVRAGES DE FRANZ KAFKA

- *L'Amérique*, Gallimard, Folio, 1976.
- *La Colonie pénitentiaire et autres récits*, Gallimard, Folio, 1972.
- *Journal*, Le Livre de poche, 1982.
- *Lettres à Milena*, Gallimard, L'Imaginaire, 1988.
- *La Muraille de Chine et autres récits*, Gallimard, Folio, 1975.
- *Préparatifs de noces à la campagne*, Gallimard, L'Imaginaire, 1985.
- *Le Procès. Le Château. La Métamorphose, et autres récits*, Gallimard, Folio, 1992.
- *Tentation au village*, Grasset, Les Cahiers rouges, 1983.
- *Œuvres complètes*, Gallimard, Bibliothèque de la Pléiade, 4 volumes.
- *Le Verdict*, Mille et une nuits, 1995.

ÉTUDES SUR FRANZ KAFKA

- AMANN (Jurg), *Une étude sur l'artiste*, Flammarion, 1984.
- BLANCHOT (Maurice), *De Kafka à Kafka*, Gallimard, 1981.
- CITATI (Pietro), *Kafka*, Gallimard, 1989.
- ROBERT (Marthe), *Seul, comme Franz Kafka*, Presses-Pocket, 1988.
- UNSELD (Joachim), *Franz Kafka, une vie d'écrivain*, Gallimard, 1984.
- WAGENBACH (Klaus), *Kafka en images*, Belfond, 1983.

Mille et une nuits propose des chefs-d'œuvre pour le temps
d'une attente, d'un voyage, d'une insomnie...

La Petite Collection (extrait du catalogue) 341. MARIVAUX, *Le Spectateur français*. 342. Madame de La FAYETTE, *La Princesse de Montpensier*. 343. Charles NODIER, *Trilby*. 344. Gérard de NERVAL, *La Main enchantée*. 345. Gérard de NERVAL, *Sylvie*. 346. VOLTAIRE, *L'Ingénu*. 347. VOLTAIRE, *Micromégas*. 348. DIDEROT, *Ceci n'est pas un conte*. 349. Guy de MAUPASSANT, *La Peur*. 350. Arthur RIMBAUD, *Lettres du Harar*. 351. CONDORCET, *Réflexions sur l'esclavage des nègres*. 352. Gustave FLAUBERT, *L'Homme-plume*. 353. Paul VERLAINE, *Fêtes galantes*. 354. ÉRASME, *Traité de civilité puérile*. 355. Jacques VACHÉ, *Lettres de guerre*. 356. Jules VALLÈS, *Le Testament d'un blagueur*. 357. Georges FEYDEAU, *Mais n'te promène donc pas toute nue* ! 358. Jean-Baptiste BOTUL et Henri-Désiré LANDRU, *Landru, précurseur du féminisme*. 359. Arthur Conan DOYLE, *La Ligue des Rouquins*. 360. Jacqueline HARPMAN, *En quarantaine*. 361. Alfred JARRY, *L'Amour absolu*. 362. TIQQUN, *Premiers Matériaux pour une théorie de la Jeune-Fille*. 363. Jonathan SWIFT, *Modeste proposition pour empêcher les enfants des pauvres d'être à la charge de leurs parents ou de leur pays et pour les rendre utiles au public*. 364. Samuel Woodworth COZZENS, *Voyage au pays des Apaches*. 365. Frédéric FAJARDIE, *Mélodie Bleu nuit*. 366. Gustave FLAUBERT, *Novembre*. 367. Remy de GOURMONT, *Le Joujou patriotisme*. 368. Lorette NOBÉCOURT, *L'Équarrissage*. 369. Bram STOKER, *Le Géant invisible*. 370. Charles FOURIER, *Tableau analytique du cocuage*. 371. SÉNÈQUE, *Lettres à Lucilius*. 372. Karl MARX/Friedrich ENGELS, *Du colonialisme en Asie*. 373. Paul LAFARGUE, *La Légende de Victor Hugo*. 374. Claude FARRÈRE, *Fumée d'opium*. 375. Honoré de BALZAC, *Traité de la vie élégante*. 376. Émile DURKHEIM, *L'individualisme et les intellectuels*. 377. Khalil GIBRAN, *Rires et larmes*. 378. NOVALIS, *Hymnes à la nuit*. 379. OULIPO, *Abrégé de littérature potentielle*. 380. Alphonse DAUDET, *La Doulou (La Douleur)*. 381. ARISTOTE, *Livre Alpha de la Métaphysique*. 382. Roland DUBILLARD, *Irma, la poire, le pneu...* 383. Alexandre DUMAS, *François Picaud*. 384. Élizabeth HERRGOTT, *Mionne ou la Dixième Muse*. 385. Franz KAFKA, *Le Terrier*. 386. COLETTE, *La Chambre éclairée*.

Pour chaque titre, le texte intégral, une postface,
la vie de l'auteur et une bibliographie.

49.40.4765.02.1
Achevé d'imprimer en mai 2004
par Liberdúplex (Espagne)